犬神の杜《もり》　よろず建物因縁帳

内藤 了

講談社
タイガ

写真・デザイン——舘山一大

目次

登場人物紹介

高沢《たかざわ》　春菜《はな》――広告代理店アーキテクツのキャリアウーマン。

井之上《いのうえ》　勲《かおる》――春菜の上司。文化施設事業部局長。

守屋《もりや》　大地《たいち》――仙龍の号を持つ曳き屋師。鐘鋳建設社長。隠温羅流導師。

守屋治三郎《もりやじいちろう》――鐘鋳建設の専務。仙龍の祖父の末弟。棟梁と呼ばれている。

崇道《すどう》　浩一《こういち》――鐘鋳建設の綱取り職人。呼び名はコーイチ。

加藤《かとう》　雷助《らいすけ》――廃寺三途寺に住み着いた生臭坊主。

小林《こばやし》　寿夫《ひさお》――民俗学者。信濃歴史民俗資料館の学芸員。

長坂《ながさか》　金満《かねみつ》――長坂建築設計事務所の所長。春菜の天敵。

犬神の杜

よろず建物因縁帳

プロローグ

ぽ、ぽっと、車のフロントグラスにみぞれが当たる。ハイビームが無舗装の道を照らしているが、ライトの外は真っ黒だ。

こんなに遅くなる予定ではなかったと、さゆりはわずかに唇《くちびる》を嚙《か》む。まだ薄明かりが残る夕間暮れとは違って、夜がこれほどの闇《やみ》になるとは、街育ちのさゆりは想像すらしなかった。バックミラーを確認するも、テールランプがぼんやり赤く地面を照らすばかりである。

なんでこんなに寒いのかしら。さゆりは車のヒーターをつけた。

春だというのに底冷えのする寒さを感じる。進む先はただ闇で、明かりに丸く道が浮かぶなかを、スピードも出せずに進んでいく。白く木の幹が立ちふさがるのを見てカーブを知り、両脇《りょうわき》にガードレールが浮かぶのを見て川があるのを知るという具合だ。時刻は午後十時過ぎ。婚約者にメールして、まだ家に着けないと報告したが、彼は、『こっちも残業。気をつけて帰ってください』と返事をしてきただけだ。アクセルを踏む足がジクジク痛む。虫刺されの跡《あと》が突然腫《は》れて、熱を持っているのだった。

本当に残業？　その残業、飲み屋でしているんじゃないわよね。

みぞれが激しくなってきたので、忌々《いまいま》しい思いでワイパーを動かした。刹那《せつな》、ざざっ！と森が大きく揺れて、前方を何かが横切った。黒くて大きな影だった。

「あっ」と思わずブレーキを踏んで、車を停める。

幸い、衝撃は感じなかった。ハンドルを抱《かか》えて首を伸ばし、ライトに白く浮かんだ道を覗《のぞ》いてみたが、人も、獣の姿もなくて、濡《ぬ》れた地面が見えるばかりだ。

びゅう！　と風が来て車を揺らし、梢《こずえ》から叩《たた》き落とされた雨粒がバタバタと音を立てて車体を打った。ヒーターが、まったく効かない。みぞれは突然激しさを増して、左右の森がひしゃげたように揺れている。芽吹き始めの枝をたわませながら、車に覆《おお》い被《かぶ》さってくるかのようだ。影は鹿《しか》か、それとも猪《いのしし》だったのだろうか、外気取り入れ口から獣の臭いが漂っていた。

「いやだ、もう」

さゆりは再びエンジンをかけた。帰りがこんなに遅くなったのは、足が腫れたことで体調を崩し、休憩室で寝過ごした上に、車のエンジンがかからなかったからだった。バッテリーが上がったわけでも、故障していたわけでもないのに奇妙なことだ。職場の仲間があれこれしてくれるうちに解決したが、こんなことなら現場事務所に泊まってしまったほうがよかったかもしれない。

さゆりはトンネル工事の現場事務所に勤務している。事務員として大手ゼネコンに就職し、先月までは本社にいたのだが、結婚が決まって退職するとなったとき、代替がきく部署だからと理由をつけられ、山奥の現場事務所へ廻《まわ》された。体《てい》のいい左遷だとさゆり自身は思っているが、勤務実績が十年を迎える直前に退職しては勿体《もったい》ないので、意地半分で異動を受け入れることにした。十年勤務とそれ以前では、受け取る退職金に大きな差が出るからだった。それでなんとか勤めてきたが、退職間際にこんな目に遭うとは思わなかった。どうせ車で来ているのだし、街までは一時間程度だからと甘い考えで会社を出てきたものの、通る車もない山道で立ち往生するのは恐ろしい。

ライトの外は真っ暗で、下界と空の境も見えない。おまけにみぞれが窓を叩いて、ビチビチッ、ビチビチッ、と寒気を誘う音がする。ルームミラーで後ろを見ると、空っぽの後部座席で、なにか、獣の眼《め》のようなものが光った気がした。ブレーキランプの赤い光が背後に落ちて、よけい不気味に思わせる。大丈夫。誰もいない。自分以外には。

さゆりは唇を引き結んで前を向き、アクセルを踏んだ。するとルームミラーを影がよぎった。再びブレーキを踏んで上目遣いに確認すると、またもや獣の眼が光る。しかも、すぐ近くに移動している。バクンと心臓が跳ね上がり、さゆりはおもむろに後ろを向いた。熊《くま》か、猪か、それとも鹿か。いずれにしても自分は車内にいるのだし、外へ出なければ安全だ。眼は光ったと思うとすぐに消え、離れた場所でまた光る。

「なんなのよ」

さゆりはドアをロックした。そして森を窺《うかが》った。

窓という窓にみぞれが張《は》り付き、ただでさえ暗い景色がよく見えない。それなのに、獣の眼だけがまた光る。どうして？　と、さゆりは考えた。夜行性動物の眼が光るのは、光を反射するからだ。例えば車のライトや、懐中電灯。ならばなぜ、何を反射してあの眼は光るのか。また光った眼に目を凝《こ》らし、さゆりは巨大な生き物を見た。熊じゃない。猪でも、鹿でもない。夜の森よりまだ黒い、それは闇の塊《かたまり》のようなものだった。ウンカのように曖昧《あいまい》で、炎のように燃え立って、真ん中に二つの眼が光っている。

ブルル、ガクン、とエンジンが止まり、さゆりは慌ててキーに手をやった。

嘘《うそ》でしょ、嘘でしょ、ちょっと、嘘よね……自分の手なのに、たどたどしい。キーを回すだけのことが上手にできない。それでもさゆりはエンジンをかけ、思いっきりアクセルを踏んだ。耳に生臭い息が掛かる。ギョッとして振り返っても、もちろん車内には誰もいない。外は鬱蒼《うっそう》とした森で、みぞれがしきりに車を叩く。ビチビチッ、ビチビチッ、そしてグルルル……目の端《はし》を、光る眼玉がよぎっていく。ヒーターはちっとも効かず、しんしんと寒さが迫ってくる。グル……うなじのそばで声がして、さらにアクセルを踏み込んだ。グルル……獣が喉《のど》を鳴らす音。誰もいない車内に悪臭がする。

「やだ……もう……やだ……」

ハンドル操作を誤って、車のバンパーが藪《やぶ》を裂く。道と森の境がわからない。震える手でスマホを操り、婚約者に掛けてもみたが、なぜか圏外になっている。落ち着くために音楽をかけようとしたものの、機械音がするだけで鳴ってもくれない。ビチビチッ、ビチビチッ、と激しい音。ライトにのみ浮かぶ道と、ハンドルを奪う強い風。闇雲《やみくも》に走らせる車の前方で、時折あの眼が光を弾《はじ》く。なんで？　と、彼女は自分に訊《き》いた。走っているのに、こっちは車なのに、どうしてあれは付いてこられるの？　虫刺されの跡は激しく疼《うず》き、獣の臭いが強くなる。はっ、はっ、と、耳に息が掛かった。車はスピードを上げており、眼前に木立が立ちふさがる。

はっ、はっ、はっ……間違いない、車の中にあれがいる。

恐怖に怯《おび》える顔を助手席へ向けたとき、尖《とが》った牙《きば》がさゆりを襲った。

【仕事帰り　ハンドル操作を誤り谷底へ　行方不明の二十代女性遺体で発見】

軽自動車は道を外れ、木々をなぎ倒して谷底へ落ち、岩に激突して大破したが、新聞の社会面にその記事が載ったのは数日後のことだった。婚約者は帰宅しない彼女の行方を捜したが見つからず、釣り人が沢で車の部品を拾って初めて、崖《がけ》から滑《すべ》り落ちた軽自動車と、富沢《とみざわ》さゆりの遺体が発見されたのだ。

「いや……事故だとは思うんだけどさ。あれ、本当に事故で死んだのかなぁ」

第一発見者の釣り人は新聞記者に語ったが、詳細が記事にされることはなかった。

「だって、死体は車と離れた場所にあったんだから。たぶんあれだよ。落ちたときはまだ生きていて、崖を這《は》い上がろうとしたんじゃないのかな」

「発見が早ければ助かっていたと思うのですね？　すぐに救急車を呼べたなら」

「いやいや、そういうのとは違うんだよ。なんていうか……」

第一発見者は言葉を濁《にご》して頭を掻《か》くと、当時の状況を思い出すかのように目を瞬《しばた》いた。

「死因は事故じゃなくってさ、動物に襲われたせいだと思うんだよね。怪我《けが》で血の臭いがしたからかなあ。呼び寄せたっていうか」

「そのような痕跡《こんせき》があったんですね」

相手が大きく頷《うなず》くのを見て、記者はさらに質問を重ねた。

「どんな動物だったと思うのですか？」

「熊。と、言いたいところだけど、熊じゃないね。うーん……あれはイタチか、狼《おおかみ》……は、もう日本にいないしねえ」

それから彼は訝《いぶか》しげに声を潜《ひそ》めた。

「警察だってわかってるはずだよ。死体を調べていたんだから。でも、事故なんだよね。事件じゃなければ事故なんだ。たぶんそういうものなんだよ、世の中ってのは」

この証言に興味を惹《ひ》かれて、記者は管轄警察に取材を申し込んでみたのだが、警察は死体に咬み痕などなかったと答えた。詳細は結局わからずじまいで、記者は遺族の心情に配慮して、概略だけを記事にした。それにしても……

――全身咬み痕だらけだったんだよね――

第一発見者の言葉の真意を知りたく思った。

――きれいなのは右のふくらはぎだけでさ、そこが腫れ上がって、変な跡があったねえ。虫刺され、いや、あれは違うね。なんだったのかなあ――

そこで、不謹慎と思いつつも富沢さゆりの葬儀会場へ向かってみたが、遺体は即刻荼毘《だび》に付されて、斎場には遺影が飾られていただけだった。

悲嘆にくれる遺族に残酷な質問をするのも憚《はばか》られ、記者はただ焼香を済ませて斎場を出た。遺体発見時に釣り人が感じた不審については、記者の胸に伏せ置かれている。

其の一

嘉《か》見《み》帰《き》来《らい》山風《かざ》切《きり》トンネル建設工事

新緑眩《まぶ》しい四月中旬。広告代理店アーキテクツに勤務する高沢春菜《たかざわはな》は、打ち合わせ用テーブルに積まれた朝刊から朝賣新聞《あさうり》を選んで引き出した。

今日はクライアントの新聞広告が掲載される日で、仕上がりを確認しなければならないからだ。アーキテクツでは、朝刊、夕刊、タウン誌や情報誌など、常時数社分のプレスを取り寄せて、自社が関わった広告の確認に使っている。広い打ち合わせテーブルで紙面を開くと、担当した藤沢《ふじさわ》本家博物館の広告欄が目に飛び込んで来た。

「いいじゃない」

デザインの仕上がりに満足して、春菜は自分に頷いた。意識的に空白を設《もう》けたことが幸いしてか、紙面で一番目立っている。この博物館では従来非公開とされてきた離れを喫茶室として開放することになり、広告はそれを宣伝したものだった。フォントや級数、背景のバランス、イラストに描き起こした建物も品がいい。

「いい腕しているわよね、このデザイナーさんは」

若干の上から目線で呟《つぶや》くと、春菜は自分のデスクへ走り、名刺入れを取って戻った。担当デザイナーの名刺を探していると、上司の井之上《いのうえ》が出勤して来た。

「おはよう」と受付カウンターの事務員に声をかけ、春菜のそばまでやって来ると、広げた新聞に目を落とし、藤沢本家博物館の広告をじっと見た。

「おはようございます。どうですか？　その広告」

得意満面に春菜が訊く。

「いいじゃないか。新しいデザイナーだっけ？」

そう言うと指先で紙面を追っていく。各情報の配置の仕方、背景と文字のバランス、フォントの見やすさなどを総体的に確認しているのだ。

「朝賣新聞の社会部さんから紹介されたデザイナーです。仕上がりがよかったから電話でお礼を言おうと思って、名刺を探しているんですけど……」

名刺ホルダーをめくりつつ、「この人です」と、一枚抜いて井之上に渡した。

「比嘉佳久《ひがよしひさ》か。若いの？」

「三十代前半ってところでしたよ。がっちり系の丸め体型、デザイナーっぽくない印象で、どちらかというと公務員か、銀行マンみたいな印象の」

井之上が名刺を戻してきたので、比嘉の番号をプッシュしながら、

「井之上部局長、コーヒー飲みます？」と、訊いてみた。

営業フロアにはコーヒーメーカーがあって、いつでも挽《ひ》き立てのコーヒーが飲める。井之上が片手を挙げたので、呼び出し音を聞きながらカップを二つ用意した。井之上のカッ

プに砂糖とミルクを放り込み、自分の分はブラックのまま、コーヒーを注いでいると、比嘉が出た。

「おはようございます、アーキテクツの高沢です。ええ。その節は大変お世話になりました。先ほど紙面を確認させていただきましたが、仕上がりがとてもきれいで……」

画像を美しく見せる技術を褒めて、ぜひまた仕事をお願いしたいと告げると、比嘉は恐縮して、「クライアントからお褒めの電話をもらったのは初めてですよ」と礼を言った。独立したばかりなので、どんな仕事でも喜んで承りますと続ける。

「それでは、今後ともよろしくお願い致します」

コーヒーメーカーの前で腰を折り、お辞儀してから電話を切った。カップ二つを持って戻ると、井之上が打ち合わせ用テーブルから春菜を見上げて、

「ようやく高沢も、いっぱしの営業らしくなってきたな」と笑う。

「ようやくってどういうことです？　私は入社したときから営業ですけど」

「せっかく褒めてやったのに、これだからな」

かまうことなくコーヒーを啜《すす》って、井之上は朝賣新聞を片付けた。

「あ。これから読むところだったのに」

「なら、自分のデスクで読んでくれ。俺は他の新聞もチェックしないと」

井之上はまんまと一番いい場所に陣取って、積み上げたプレスのチェックを始めた。仕

方なく春菜は新聞とコーヒーを持って自分のデスクへ戻ったが、もう一度広告を見ようとしても、狭いデスクに新聞を広げるスペースはなく、両手で支えてページをめくった。

新聞の小見出しというのはよく考えられていて、社会面の小さな記事に、ふと目が留まる。


【行方不明の女性遺体で発見　嘉見帰来山《かみきらい》で】


数日前から行方不明になっていた女性が遺体で発見されたという記事だった。

女性は進藤三咲《しんどうみさき》、三十二歳。

嘉見帰来山の現場事務所で働いていたのだが、定時に職場を出た後、自宅に戻ることなく行方不明になっていたらしい。その遺体が、事務所近くの山林で発見された。事件性はなく、死因は低体温症。滑落の痕跡が残されていたこともあり、散策中に滑落し、怪我《けが》で動けず低体温症で亡くなったものとみられている。

道に迷ってしまったのかしら。

春菜はコーヒーをゴクリと飲んだ。

アーキテクツは登山道の整備事業などにも関わっているので、他人事《ひとごと》とは思えなかった。山の安全は行政が保障するものではなく、自己責任に委ねられているのだし、低い山だから安全だということはない。春菜も誘導標識の設置をするが、場所によっては予算が取れず、壊れたまま放置されていることもある。信州はまさに山菜採りのシーズンだから、運良く誰かが見つけてくれれば助かったかもしれないのに、不運なことだと痛ましく思う。

「でも、この人は定時に事務所を出たのだから、滑落したのは夕方ということになるのよね」

そうか……と、春菜はため息をついた。

信州の春は遅い。夕方以降に山菜を採りに山に入る者はいないし、嘉見帰来山は麓《ふもと》ですら標高一千メートルを超える。四月といえど日が落ちれば一気に気温が下がるし、ゴールデンウィークの頃に雪が降ることだってある。遭難者が低体温症で死亡しても、まったく不思議ではないのだった。

コーヒーを飲んでいるうちに始業時刻がきて、次々に電話が鳴り出した。春菜は朝刊を畳んで電話を取った。

今日も慌ただしく一日が始まったのだ。

新しい喫茶室のパンフレットを藤沢本家博物館へ納品し終えたその日の午後、デスクへ戻った春菜は、井之上から内線で応接室へ呼ばれた。

「高沢、悪いがちょっと来てくれないか」

井之上はそう言っただけで、詳細を伝えてこない。受付事務員に事情を訊くと、応接室には井之上が懇意にしている建設会社の人が来ているという。

「どこの建設会社？」

もしや鐘鋳《かない》建設ではと期待しながら訊《たず》ねると、事務員はメモを見ながら、

「橘高組《きったかぐみ》さんです。部長さんが来ているみたい」と答える。

残念なことに、春菜が密《ひそ》かに想《おも》いを寄せる仙龍《せんりゅう》の、鐘鋳建設ではなかった。橘高組は大手の土建会社で、本社は東京にあるのだが、元は四国で創業した会社だと聞いている。

「何か仕事がらみなの？　橘高組さんの仕事なんて受注してたっけ」

受付事務員は小首を傾《かし》げた。

「特に何も聞いてないんですよね。すぐに応接へ入ってしまったし」

「応接にいるのは二人だけ？」

井之上部局長とお客様だけです、と彼女が言うので、ますますわけがわからなくなった。自分が呼ばれる理由がないのだ。それでもと、春菜は手櫛《てぐし》で髪を整えて応接室へ向かった。

「失礼します」

ノックしてドアを開けると、井之上が六十がらみの男性と向かい合っていた。春菜を見ると、「来たな」と笑う。

「高沢です。お呼びでしょうか」

「峯村《みねむら》部長、彼女がその高沢ですよ」

井之上がそう紹介するので、『その』って何よ？　と考えながら名刺を出した。

峯村部長と呼ばれた男性は席を立ち、自分も名刺を返してくれた。

『株式会社橘高組甲信越《こうしんえつ》支店　風切《かざきり》トンネル建設工事現場事務所付参与《さんよ》　峯村寛《ひろし》』と書かれている。

「風切トンネル」

呟くと、「まあ座れ」と、井之上が隣の席を勧めてきた。

峯村は三人掛けソファの中央に座り直すと、感心したように春菜を見た。

「あなたのご活躍を耳にしまして」

温厚そうな丸顔に笑みを浮かべる。

流行遅れのメガネを掛けて、猫背で椅子《いす》に座る峯村に、春菜は、小学生の頃に大好きだった用務員さんを思い出した。初対面ですぐに好意を抱いてしまうタイプの人物がいるが、峯村もその一人であった。

「私の活躍、ですか？」

どの仕事のことかしらと春菜は思う。土木建築の分野に踏み込んだことはまだないし、橘高組が注目するような仕事の成果もないはずだ。

井之上はなぜかコホンと咳払《せきばら》いした。冷めてしまったお茶を飲み、峯村から春菜のほうへ身体《からだ》を向ける。峯村はというと、前のめりになってニコニコと春菜を眺《なが》めている。

「あー……実は、だ……」

井之上は言いにくそうに切り出した。

「峯村部長は高沢を、しばらく現場事務所へ出向させてくれないかと頼みに来たんだ」

「現場事務所へ出向ですか」

オウム返ししながら頭で意味を反芻《はんすう》し、春菜は、

「えっ、なんで」と、素の声を出した。

「派遣されるってことですか？　橘高組さんの現場事務所へ」

思わず腰を浮かせて井之上を睨《にら》み付けてから、峯村に目を向けると、初老の部長は変わらぬ様子でニコニコしている。

「そんなの納得できません。私のクライアントはどうなるんですか」

「と、まあ、こういう気性の部下なんですよ」

井之上は苦笑し、峯村は頷いた。出向させられるようなヘマをしでかしただろうかと考えてみても、春菜にはまったく心当たりがない。

「高沢が戸惑うのも無理ないさ。今から事情を話すから、先《ま》ずは話を聞いてくれ」

そちらが話してくださいとでも言いたげに、井之上は峯村に視線を振った。

「蒼具村《あおぐむら》民俗資料館。旧眞白村八角《ましろむらやすみ》神社首洗い滝の観光資源化。他にも因縁がらみの難し

い案件を、あなたが担当されたと伺いましてね」

茶碗《ちゃわん》に目を落として引き寄せながら、峯村は静かに言った。

「はい。たしかに」

答えながら春菜は井之上を見たが、井之上は首を竦《すく》めただけだった。

茶碗の底に手を添えて、ありがたいもののように持ち上げると、峯村は冷たいお茶をひとくち啜る。それを茶托《ちゃたく》に戻したとき、黒縁メガネの奥から春菜を見た。

「どれも曰《いわ》く付きの案件だったそうですねえ？　業者が二の足を踏むような」

春菜はすぐには反応できずにいた。そう訊かれれば、そうかもしれない。けれど竣工《しゅんこう》して手離れしてしまった今は、すべてが夢か、気のせいであったようにも思うのだ。半面、第三者から『曰く付きの案件だった』と言われることは不愉快だった。曰くの裏に想いを馳《は》せれば、興味本位にオカルト部分だけを強調する気にはなれない。

「別に特別な仕事だったわけじゃありません」

憮然《ぶぜん》として答えると、

「ああ、いえ、気を悪くしないで欲しいのですが」

峯村はハンカチを出して額を拭《ふ》いた。汗などかいていないくせにと、春菜は思う。

「そこを見込んで、あなたにお願いがあって伺ったのです」

井之上が深く頷いたので、春菜は心がざわついた。峯村は汗を拭いたハンカチを丁寧に畳んでテーブルに置き、一瞬だけ、ため息をついた。

「現在、弊社では嘉見帰来山にトンネルを通す工事をしておりまして、私はその現場事務所の総務をやっておるんですが」

今朝読んだばかりの新聞記事が脳裏をよぎった。嘉見帰来山の現場事務所で働いていた女性が低体温症で亡くなったという記事だ。

「富沢さゆりさんと、進藤三咲さんという……一人は社員で、一人はパートの方でしたが、立て続けに亡くなっていましてね」

井之上は微《かす》かに頷いて、見やすいように記事の部分を広げた地方紙をテーブルに並べた。ひとつは今朝の朝賣新聞だが、もう一紙はひと月近くも前のもので、交通事故の記事が載せられていた。

「今朝の記事なら読みました。この方が、現場事務所にいたってことですか?」

「はい。進藤三咲さんは食堂で働いていたのです。小さいお子さんが二人いて、子供たちに誕生祝いをしてもらったと嬉《うれ》しそうに話していましてね。翌日は定時に現場事務所を出ているんですが。それが、その晩になって、まだ帰宅していないとご主人から電話を受けまして。私たちも随分捜したのですが、結果的に、こんなことに」

残念そうに峯村は言って、今度は古いほうの紙面に手を置いた。

「え……まさかそっちの女性もですか?」

「富沢さゆりさんは月の締め日で退職予定でした。結婚が決まっていたのです」

同じように行方不明だったのが、数日後、釣り人に発見されたのだという。

「当日、さゆりさんは体調を崩して休憩室で休んでいたんですが、なんだかんだで帰りが随分遅くなってしまったんですよ。そうしたら、春の嵐《あらし》といいますか、その晩は風とみぞれがとても強くて、林道から車ごと谷へ落ちてしまったようで」

「それは、なんと申し上げていいのか……」

春菜は峯村に向かって姿勢を正し、「ご愁傷様でした」と、頭を下げた。

峯村は「はあ、まあ」と、返事をした。

「ただの事故ならそういうことにもなりましょう。が、少し気になることがありまして」

物忌《ものい》みするように周囲を見回す。

パーティションで仕切られただけの応接室は、上部に隙間《すきま》があって、大声で話せば外部に洩《も》れる。それを気にしてか、峯村は声を潜めた。

「この二件だけじゃないんですよ」

「え。どういうことですか?」

訊くと井之上が頭を搔《か》いた。彼は白髪交じりの髪を後ろで一つに束《たば》ねているが、頭頂部に手を置いて小指で頭を搔く癖《くせ》があり、そこの髪だけ寝癖《ねぐせ》のように立ち上がってしまうのだ。ヘアスタイルの乱れ具合から察するに、何度か頭を搔いたのだろう。

「現場事務所で奇妙なことが続いているそうだ。何かの障《さわ》りじゃないだろうかと」

「何かの障りって?」

「わからないから、こうして高沢を訪ねてみえたんだ」

「どうして私なんですか」

「さっきも申し上げましたとおり、噂《うわさ》を耳にしたからですよ」

峯村は切実な顔で前のめりになった。

「蒼具村の現場では、人血で描かれた文字が見つかったそうじゃないですか? それを高沢さんは民俗資料館にした。旧眞白村では、禁忌とされた滝を観光資源に変えたと聞きます。また……こう言ってはなんですが、業界である意味有名な、長坂《ながさか》建築設計事務所の長坂所長とも、対等に渡り合える女性だと」

春菜はグッと言葉を呑《の》んだ。それらの現場で仕事が上手《うま》くいったのは、鐘鋳建設の仙龍や、その部下のコーイチや、生臭坊主《なまぐさぼうず》や、小林《こばやし》教授がいたからだ。自分はただ仕事をしただけのこと。けれど、そのあたりの細かな事情や顛末《てんまつ》を峯村に説明するのは難しい。特に自分がサニワと呼ばれていることなどは、どう考えても胡散臭《うさんくさ》い話である。

峯村は畳んだハンカチを手に取って、また、出てもいない汗を拭《ぬぐ》った。

「トンネル工事の現場ですからねえ、こちらも監理には心を砕《くだ》いておるんです。なのに死人が二人も出てしまう始末で」

「でもそれは、どちらも会社帰りの事故じゃないですか。お二人とも……まあ、二人ってところがもうアレですけど」

「そうでしょう」

と、峯村は熱を込めて春菜を見た。

「しかもひと月足らずの間にですよ? 二度も葬式を出すなんて、あり得ないですわ。このままでは大きな事故が起きるんじゃないかと、作業員たちの間にも不安が広がっていましてね。土木工事の現場では、そういう不安が本当に事故を引き寄せたりもするので」

「高沢に原因を調べて欲しいと仰《おっしゃ》っているんだ」

春菜はわけがわからなかった。新聞を読む限り二人の死因に怪しいところは全くないし、そもそも土木現場で起きた不吉の理由など、素人《しろうと》の自分にわかるはずがないではないか。大きく息を吸い込んで、春菜は井之上と向き合った。

「井之上部局長。真面目《まじめ》な話をしています?」

ここはアーキテクツだし、今は二十一世紀なのだ。自分は広告代理店の営業で、霊媒師でも占い師でも易者でもない。

「こんなことが続くのは何かが障っているからで、それは間違いないんです。でも、それが何かわからない。そこで井之上さんにお願いして、しばらくの間、あなたに現場へ通っていただけないかと……」

「お言葉ですが、認識が間違っていると思います。私にはなんの力もないです。もちろん仕事は別ですよ？　広告代理店の仕事には、相応の自信を持って当たっています」

「ああ、それはもう。現場事務所へ来ていただいて、気になることがあれば教えてもらうだけでいいのです。あとはこちらで対処します。兎《と》にも角《かく》にも作業員たちが怖がっていて、私としても何かせずにはおられないわけでして」

「だから、私は広告代理店の営業だって言っているじゃないですか」

「うちの仕事は現場事務所ですればいい。そのあたりは峯村部長が上手くやってくれるそうだから。もちろん成果がなくともかまわないと、橘高組さんは仰っている」

「部局長まで、無理言わないでくださいよ。嘉見帰来山って通勤だけでも一時間近くかかるじゃないですか。そこからまた市内に戻って営業しろっていうんですか？　私のクライアントに迷惑が掛かるだけでしょう」

「使いっ走りはこっちでやるよ。そう長い間じゃない。一週間くらいか」

「はっ？　一週間」

春菜はヒステリックな声を上げた。自分ごときが一週間いなくても、会社は回ると言われたような気がしたからだ。取りなすように峯村が、両手を挙げて笑顔を作る。

「もちろん無理難題ばかりをお願いするつもりはありません。工事が完成した暁には、トンネル脇にポケットパークを造る計画がありまして……それで、完成記念碑含め、ポケットパークの企画デザイン一式を高沢さんにお願いできないかと」

「ポケットパーク」

春菜はクルリと峯村に向いた。

「ええ。予定地は眺望のいい場所なのですよ。数台分の駐車場と、あとはモニュメントを建てるなどして、写真撮影のスポットにできればと」

建築工事における企画デザイン料は、概《おおむ》ね工事費の三パーセントから五パーセントだ。売り上げとして計上できる金額を素早く試算して、春菜は、「やります」と、あっさり意を翻《ひるがえ》した。

「やります、私。やらせてください」

峯村には微笑《ほほえ》みながら、

「ホントに一週間でいいんですね？」

と、井之上を睨む。（ほーら、やっぱりな）という井之上の顔が癪《しゃく》だったけれど、数百万円の売り上げが見込めるとなれば話は別だ。井之上は春菜に事情を説明するため席を立ち、峯村の隣へ移動した。行くと決めたからには文句は言うまい。春菜は二人に向き合って、全霊で話を聞くことにした。

「ありがたい。では、高沢さん。ざっと経緯をお話ししますが」

峯村は鞄《かばん》を取って膝《ひざ》に置き、橘高組のカタログを出した。フルカラー仕様できちんと製本されてきた逸品だ。紙厚や印刷代などを目測し、相応の金額をつぎ込んでいるなと春菜は思う。橘高組に食い込めば、印刷の仕事も廻してもらえるかもしれない。峯村は春菜にカタログを向けてテーブルに載せ、山岳トンネルの土木技術を紹介するページを開いた。

「風切トンネルの工事自体は、距離や土被《つちかぶ》りからしても、さほど大がかりなものではありません。この地域にはもともと祖山《そやま》トンネルというトンネルがあったのですが、狭くて車のすれ違いができない上に、経年劣化で安全性に不安があるため、新しく嘉見帰来山にトンネルを掘って、山向こうへバイパスを通すことになりました。トンネルが完成すれば風切バイパスがメイン道路になるわけです。この地域は全体が山でして、昔から複数のトンネルが掘られてきた場所なんですわ」

「発注元は長野県。完成は秋の予定だそうだ」

春菜は黙って頷いた。峯村が開いたページにはトンネル工事の施工方法が載せられているが、説明が専門的すぎて、図面を見てもよくわからなかった。

「着工してすでに半年で、ところが開通まであとわずかのところへ来てこの有様《ありさま》です。まあ、最初から不安のある現場ではあったんですが」

「でも、大して大規模な工事じゃないと仰いましたよ」

訊くと峯村は井之上の顔色を窺って、

「そもそも安全祈願祭のとき……」

と、また額を拭った。そこで井之上が話を引き継いだ。

「不吉なことがあったらしい。それもあって作業員たちが騒いでいると」

「不吉なことってなんですか」

答えることすら不吉だといわんばかりに峯村は眉《まゆ》を寄せ、井之上が代わりに答えた。

「祭壇に供えた尾頭付きが腐って、神主が、工事は凶と言ったらしい」

「……どういうこと？　古い魚を供えたんですか」

峯村は言下に否定した。

「そんなわけない、ありません。安全祈願祭は神聖な儀式です。すべて新鮮な供物を準備しましたよ。野菜も、酒も、もちろん魚も」

「でも、じゃ、どうして腐るの？　そういうことって、よくあるんですか」

「ないから不吉なんじゃないですか。事実、仕事をおりてしまった下請け業者が二社ほどあります。ご存じかどうかわかりませんが、建築業者はけっこう迷心深いので」

それは春菜も知っている。建築の起源は神社仏閣を建てる宮大工《みやだいく》だそうで、だからこそ、建築現場では今も神事や儀式を重んじると、たしか井之上が言っていた。

「それならどうして工事を中止しなかったんですか。凶と出たのに」

「そりゃ契約ですし、工事をやめるわけにはいきません。そんなことをしたら、指名業者を外されてしまいます」

公共事業では、公正を期すために競争入札で契約者を決める。参加資格を得れば一般業者も入札できるが、トンネル工事などの専門技術を要する案件の場合は、発注者が、特定条件の下《もと》に指名した業者間のみで競争入札を行わせるのだ。

このとき指名される業者を指名業者と呼び、公共事業の指名を外されることは企業の死活問題に関わる一大事なのである。お供えの魚が腐ったくらいで発注者は工事を取り止《や》めないし、受注者が契約を解除できないというのも尤《もっと》もな話だ。

「そのときの神主さんから、凶事の謂《いわ》れを聞きましたか」

「いえ、なにも」

峯村は答えた。

「来てくださったのが若い禰宜《ねぎ》さんだったので、霊験あらたかともいかなかったのだろうかと、再度宮司さんにお願いしまして、お祓《はら》いに来てもらうことにしたんです。そうしたら、今度は宮司さんが入院してしまわれたんですよ。熱と寒気で」

春菜は眉間《みけん》に縦皺《たてじわ》を刻んだ。

「私を怖がらせようとしています?」

「滅相《めっそう》もない」

峯村は手を振った。

「最初はツツガムシ病じゃないかということでしたが」

「なんでしたっけ、ツツガムシ病って」

「ダニが媒介する病気だな。潜伏期間をおいて発熱し、全身に発疹《ほっしん》が出るという。稀《まれ》にだが、死ぬこともあるらしいんだよな」

「でも、宮司さんには発疹が出なかったんですわ。首の付け根が腫れ上がっただけで。そんなわけでまあ、こっちも工事を始めてしまったわけです」

峯村は、むやみに現場を刺激することなく原因を探りたいので、総務助手の派遣社員として春菜を職場に紹介したい、と付け足した。

「高沢さんの席は総務部に用意させてもらいます。総務部は他の部署の職員と少し離れた島なので、そこでアーキテクツさんの仕事をしてもらってもかまいません。なんならポケットパークの企画書を作っていただいても結構です。就業時間は午前八時半から午後五時半まで。女性職員は六時には退社できますよ。そのあとは食堂のおばちゃんたちが交替で、大体午後八時半頃までいますかねえ。いずれも近隣の村の女性たちですが」

「食堂があるんですか」

訊くと峯村はニッコリ笑った。

「作業員の出入りが二十四時間ありますし、なんと言ってもきつい仕事ですからね。大抵は飯場《はんば》と呼ばれる食堂や、宿泊施設を完備します。もちろんですが、高沢さんも利用できますよ。朝食から夕食まで無料で食べ放題です」

「そういうものなんですか」

「トンネルを掘るのは山ですからね、食事できる場所が周囲にないのが普通です。だから大抵は飯場があります。ただし、これは覚えておいて欲しいのですが」

と、峯村は指先でメガネを持ち上げた。

「ひとつだけ、してはならない決まりがあります」

高沢さんは言わずともそんな行儀の悪いことはなさらないでしょうが、と前置きしてから、冗談めかして峯村は言った。

「ごはんに味噌汁《みそしる》をかけてはいけません。これをすると忌み嫌われますし、場合によっては現場を出されることがあるので注意してください」

「どうしてですか」

訊いても峯村は首を傾げるばかりだった。

「昔からそういう決まりになっていますね。どうしても食べたいときは、ごはんに味噌汁をかけるのではなく、味噌汁にごはんを入れるようにしてください。作業員も必ず守っていますから」

「どっちも汁かけごはんなのに、違いがあるんですか？」

春菜は首を傾げながらも、

「まあ、私はそういうことはしませんけど」と、峯村に言った。

「ダイナマイトも使えば重機《じゅうき》も使う。ただでさえ危険が伴う上に、自然物を掘る仕事だから、験担《げんかつ》ぎじゃないのかな。職人は迷信深いし、郷《ごう》に入《い》っては郷に従えで、やるなと言われることはやらないのがいいだろう」

真面目な顔で井之上が言う。

「わかりました。覚えておきます」

汁かけごはんなんか別に好きじゃないからと、春菜は素直に頷いた。

其の二

風切トンネル現場事務所

一週間ほど現場に出るので、迅速な対応ができずにご迷惑をおかけすることもありますがよろしくお願いします、と春菜はクライアントにメールした。さすがに井之上は春菜の業務状況を把握していて、ここ数日は煩雑な仕事を抱えていないこともお見通しのようだった。緊急な打ち合わせなどを除いて仕事のフォローは井之上がするということで、春菜は橋高組の現場事務所へ初めて車を走らせていた。

『約七百メートル先、四出《よついで》交差点を右方向です』

カーナビの指示で県道を逸《そ》れ、長閑《のどか》な山間《やまあい》の集落へ入ってゆく。

ゆるやかな斜面に棚田が並び、リンゴ畑の合間に民家がまばらに点在する地区だ。市街地は桜の盛りだが、ここまで登ると花の蕾《つぼみ》はまだ固い。嘉見帰来山を含め長野市北部は山々が折り重なるように連なって、山肌を開墾したわずかな平地にのみ集落がある。

春菜はウインドウを開けて風を呼び込んだ。山を抜けた朝日が畑に当たって、黒土が湯気を吐《は》く匂《にお》いがする。早起きのお年寄りが種を撒《ま》く光景を眺めつつ進んでいくと、集落は去り、唐松《からまつ》の林に包まれた。

このあたりは積雪が多く、雪のない時期は一年で五ヵ月ほどしかない。その厳しさゆえに過疎化が進み、ほとんどが限界集落だ。嘉見帰来山にバイパスを通すのは、ある意味行政のありがたさで、バイパスを利用する人口に工事費用は見合わないだろうと思う。

「奥に観光資源でもあれば別だけど、この道の狭さでは難しいわよね」

運転中も仕事のことばかり考えてしまう。山里の原風景として一帯を売り出すことも可能だが、観光客を迎えられる季節はわずかだし、受け入れ基盤がそもそも緩《ゆる》い。四月下旬に随所で水芭蕉《みずばしょう》が咲き始めると、やがて、ありとあらゆる花々が一斉に咲き競う。その景観は見事だが、咲くのが野生の花なので、来訪者が多いと保護できないという問題も起きる。車道や歩道を整備できればいいのだが、嘉見帰来山一帯には国定公園に指定された場所もあり、樹木一本勝手に切ることはできない決まりだ。

「環境省の仕事は煩雑だしなぁ……」

愚痴《ぐち》をこぼしながらウインドウを閉めた。

嘉見帰来山に近づくにつれ、空気は次第に冷えてくる。杉木立はいつしか雑木に変わり、人の手が加えられていない森になる。狭い山道は舗装が剝《は》げて、地面の小石をタイヤが拾い、運転も慎重にならざるを得ない。前方に縄が落ちていると思ったらそうではなくて、真っ黒な蛇が身をうねらせながら草むらに消えた。

また標高が上がったせいで風景が変わる。木々はようやく芽吹きを迎えたところであり、柔らかな緑を灯《とも》した枝々が絡み合いながら延びている。残雪が随所にあり、氷のようになった雪の上に枯れ葉がたまっている。

なんとなく、気味の悪い場所へ来たなと感じた。

女性職員は午後六時には退社できると峯村は言うが、当然だ。日暮れてこんな道を帰るのは怖いし、何より危険極まりない。熊が突然現れても驚かないような道なのだ。

さらに進むとようやく片側が明るくなって、木立の奥に峰が覗いた。眺望がいいのは片側が崖になっている証拠であり、歯抜けのようにガードレールが設置されてはいるけれど、車同士がすれ違えるほどの道幅はない。随所に回避所が設けられているので、運悪く対向車と鉢合わせになった場合は、回避所までバックで戻らなければならないわけだ。

「冗談じゃないわよ」

春菜は心で井之上を恨んだ。こんなところへ通ってくれって、しかも一週間も……

——完成記念碑含め、ポケットパークの企画デザイン一式を高沢さんにお願いできないかと——

峯村の甘言にまんまと懐柔された自分が悔《くや》しいが、それを井之上に見抜かれていたことは、もっと悔しい。

「あー……単純すぎるのかな……私って……」

慎重にハンドルを切りながらため息をついたとき、前方の片隅《かたすみ》に花束《はなたば》が見えた。花を傷つけないようスピードを落として、通り過ぎざまバックミラーで確認すると、花だけでなく線香や飲み物も置かれている。富沢さゆりという女性が滑落事故を起こした現場だろう。外灯もない細道ではあるが、見通しはいいし、カーブでもない。なぜこんなところへ突っ込んだのだろうと不思議に思う。でも、だからこそ、ここで事故が起きたとは思わずに、発見が遅れてしまったのかもしれない。

その先で橋を渡ってしばらく走ると、道路脇に『前方○○メートル工事中』の看板が立つようになり、少し開《ひら》けた場所に出た。

スピードを上げたとき、視界の端を影がよぎったような気がしたが、すぐ後方へ流れていった。山深いからなのか、微かに獣の臭いがする。

その先は長く仮囲いが巡らされて、よくぞこの道を通ってきたと思うほど大型のトラックが集まっていた。旗振りをしている警備員がいたので訊ねると、現場事務所には駐車スペースがないと言う。

「職員用の駐車場はこの先に借りてんだもんで、そっちへ駐《と》めてくれんかい」

警備員は道の先を指し、坂の上に廃校があるから、そこのグラウンドに駐車してくれと言う。仕方なく春菜は現場事務所を通り過ぎ、廃校へ車を乗り入れた。

そこは寂《さび》れたグラウンドで、一段上がった場所に瓦《かわら》葺《ぶ》き木造平屋建ての校舎が残されていた。運転席から見上げると、小さな校舎が山に抱かれているようだ。壁面は板張りで、サッシが使われているところはひとつもない。グラウンドに向いた一面がほぼ窓で、木枠に歪《ゆが》みガラスが嵌《は》めてあり、映画のレトロシーンに出て来そうな建物だ。古いがそれなりに趣があり、春菜はしばらく見とれてしまった。

ただし、まったく手入れが行き届いていないので、価値があるのは大正レトロなこの景観と、今では入手困難な歪みガラスだけだろう。

かつては手作業で作られていた板ガラスは、厚みが均一でなく歪みがあるので、それを通して見る風景に風情があると、一部に熱狂的なファンがいる。技術革新で透明なガラスが量産されるようになったからこそ、二度と作ることのできない歪みガラスが珍重されているのである。それがこれほど多量に残されているなんて。ある場所にはあるのだなあと感心しきりだ。この校舎、いったいどうする予定かしら……。パグ男なら喉《お》から手が出るほど欲しいと思うに違いない。

春菜はブルンと頭を振った。着いた早々パグ男のことを考えるなんて縁起でもない。長坂建築設計事務所の所長、長坂金満《かねみつ》。強欲で傲岸不遜《ごうがんふそん》な彼のことを、春菜は密かにパグ男と呼んで嫌っている。

気を取り直して車を降りると、グラウンドにはすでに何台も車があった。空きスペースには採石の山があり、工事に使う資材なども置かれている。地面は雑草や小石で荒れ、隅に錆《さ》びた鉄棒があり、鉄棒の下にはモグラの穴が無数に空いて、かつてグラウンドを照らしていたであろう照明は、ポールの根本から引き倒されて転がっていた。

「うー……寒っ」

朝方の空気は湿って冷たく、春菜は思わず身震いした。市街地とは随分気温が違うし、嘉見帰来山の陰《かげ》になっているため薄暗い。廃校とその周辺の様子は、子供の頃に読んだ民話『半日村《はんにちむら》』を思い出させた。大きな山の陰になり、日中の半分程度しか日が当たらない村の話だ。そのせいで作物が実らず貧しいことを、村全体が諦《あきら》めてしまっているというような話であった。

スマホで井之上にメールして、風切トンネルの工事現場に着いたと報告した。これから現場事務所へ向かうと告げると、井之上は『よろしく』とだけ返してきた。

「何がよろしくよ」

ブツクサ言いながら助手席へまわり、ノートパソコンや資料一式を入れたバッグを出した。ドアを閉め、施錠してから、改めて周囲を見渡してみる。

見事に山の中だった。枝ばかりの木々が山肌を覆っているので、山裾《やますそ》にいながら下草の枯れ具合すら見通せるほどだ。根雪の残る山肌に家や畑はほとんどなくて、裏山の天辺《てっぺん》近くに朽ちかけた鳥居が透けている。社殿らしきものはなく、褪《あ》せた鳥居の朱色が生々しくもおぞましい。ここが廃校であるように、村自体もすでに消滅してしまったかのようだ。寂寥《せきりょう》とした光景に心を揺さぶられ、春菜はスマホに写真を収めた。

廃校は嘉見帰来山の向かいに位置し、グラウンドから工事現場が見下ろせる。仮囲いの奥まで確認はできないが、現場事務所の裏に山が迫る細長い敷地《しきち》のようである。採石を積んだトラックがひっきりなしに出入りして、掘削工事の音がする。峯村が言っていたように、昼夜を問わずに工事が進められているのだろう。

グラウンドに車が一台入ってきたので、あれも橘高組の関係者だろうかと思いつつ、春菜はバッグを抱えて歩き始めた。草生《くさむ》す地面は乾いて固いが、雨が降れば泥になりそうだ。明日からはヒールではなくスニーカーで来よう。ヒールは足がきれいに見えるけど、どうせここに仙龍はいない。そう思うそばから、なんで今ここで仙龍なのよと、春菜は唇を尖らせた。

「あんな無愛想《ぶあいそう》の朴念仁《ぼくねんじん》」

精悍《せいかん》に整った顔と無駄のない体、口は悪いが優しくもある仙龍のことを思い出す。

「トーヘンボク、ぶっきらぼう、筋肉バカ」

思い付く限りの悪態《あくたい》を吐《つ》く。

「むっつりスケベ」

か、どうかは知らない。そもそもそんな付き合いもない。

仙龍は曳家《ひきや》を生業《なりわい》とする鐘鋳建設の社長、守屋大地《もりやたいち》の別称である。構造物を曳家すると き、自らその頂点に立ち、建物の意向に添って采配《さいはい》を振るう者を導師と呼ぶが、仙龍は導師の号なのだ。彼の会社は影の流派と呼ばれる隠温羅《おうら》流《りゅう》を継承していて、因縁物の因を解《と》き、悪縁を浄化する技を持つ。

アーキテクツで歴史的建造物の公開展示に関わってきた春菜は、仕事を通じて仙龍と知り合い、彼の助けを借りて曰く付き物件の仕事を成功させてきた。ただそれだけの関係なのに、不意に胸が締め付けられて切なくなることがある。仕事に忙殺《ぼうさつ》されていればいいけれど、わずかな隙に、仙龍は今頃何をしているのだろうと考えることがあり、そういう女々《めめ》しさを唾棄《だき》したくなる。自分が仙龍を想う時間に対して、仙龍が自分を想う時間が皆無であるのが悔しくてならない。もっと正直に言うならば、一方通行の想いに切なさを募《つの》らせる自分が惨《みじ》めで厭《いや》になるのだった。

仙龍について春菜が知っていることといえば、因縁浄化の代償に齢《よわい》四十二で寿命を終える宿命を負っていることと、お祖父《じい》さんの弟が棟梁《とうりょう》として会社にいること、珠青《たまお》という凄《すさ》まじい美人の姉を持つことぐらいだ。それに……そうして……と、春菜は思う。

「せっかく妖《あや》しい現場に来たっていうのに、トンネルだけで、建物はない、と」

建物がなければ曳き屋師の出る幕はない。彼と最後に仕事をしてから、すでに半年近くが経《た》とうとしていた。その間にメールが届くわけでもないし、電話が来るわけでもない。仙龍の姿も、声も、笑い方すら忘れてしまいそうだった。

「ああもう、仕事。仕事仕事」

春菜は自分を叱咤《しった》して、大股《おおまた》でグラウンドをガンガン進んだ。

数メートル先に駐車した車から、作業着の男が降りてくる。山奥にそぐわないファッションの春菜に気が付くと、怪訝《けげん》そうな目を向けてきた。

「おはようございます」と挨拶《あいさつ》すると、

「あんた誰だ」と訊いてくる。

初対面の相手をあんた呼ばわりするなんて、失礼なやつ。

「高沢と申します。本日からしばらくの間、総務部へ出向させていただくことになりました。峯村部長にお手伝いを頼まれまして」

相手はただ「ふーん」と言い、上から下まで、ねめ回すような目で春菜を見た。あまりに不愉快だったので、春菜はそれ以上何も言わず、前をかすめて先へ出た。通り過ぎるとき、湿った土のような体臭と、冷たい風を感じた気がした。

グラウンドは錆びたフェンスに囲まれていて、フェンスには人一人が通れるほどの隙間があった。そこが工事現場へ向かう近道のようで、下草が禿《は》げて地面が見える。滑らないよう気をつけながら坂を下りると、道路を挟んだ向こう側が風切トンネルの現場事務所であった。

先ほど駐車場を教えてくれた旗振りの警備員に頭を下げて、車両出入り口の脇にある通用門を通してもらう。門とは名ばかりの仮囲いの隙間だ。

「総務部へ行きたいんですが、どこでしょう」

「中のことはよくわかんねえから、行って誰かに訊いてくれ」

警備員は首を傾げただけだった。またトラックが来て、そちらのほうへ駆けていく。仕方がないのでプレハブ仕様の建物を目指して行くと、さっきの失礼な男が後ろから来て、

「総務部は二階の奥だ」と、教えてくれた。

「外階段を上がったところ。峯村さんなら、もう来てる」

「ありがとうございます」

礼を言って振り向いたとたん、ゾーッとした。男はわずか後ろに立ったまま、刺すような視線を向けている。無表情で、目だけがぎらつき、まるで百年もそのままの姿勢でいたかのようだ。黒い安全靴を履き、上着の裾《すそ》をズボンに入れてベルトを締め、ツバ付きのヘルメットを小脇に抱えて立っている。視線の先にいるのは春菜だが、その目は春菜を突き抜けて、どこか遠くを見るようだ。年齢は五十に手が届くかというところ。虹彩《こうさい》の色が薄い三白眼、瘦《や》せ型で中背、肌は灰色で、髭《ひげ》の剃《そ》り跡がシミのように顔の下半分を覆っている。あまりにゾッとして動けずにいると、男はクルリと身を翻し、事務所とは別のプレハブへ入っていった。

「なんなのよ……あれ」

生身の人間とは思われなかった。春菜は寒気を感じて身を竦め、胸の前で盾のようにバ

ッグを抱いた。とにかく先ずは峯村部長だと、教わった建物へ向かっていくと、

「あの……ございます」

と、誰かが声をかけてきた。『おはようございます』と言われたようにも、『ありがとうございます』と言われたようにも思ったが、どちらだったのかよくわからない。声の主は脇をすり抜け、春菜の正面に来て止まった。

「あの、私、笠嶋朔子《かさじまさくこ》といって、ここの事務員です。新しい人が来たらいろいろ教えてあげて欲しいと……」

か細い声で言ってからペコリと頭を下げるので、春菜も恐縮して頭を下げた。

改めて見ると、笠嶋という女性もまた印象的な風貌《ふうぼう》をしていた。歳《とし》の頃は三十前後。真っ黒な髪はルーズ感のあるボブカットだが、強い風にでも吹かれたか、帽子を脱いだばかりのように乱れている。

「高沢春菜です。あの……とてもありがたいわ。どこへ行けばいいのかわからなくて、現場事務所なんて初めてだし」

本心から礼を言うと、相手はニッと微笑み返した。

美人だ。と、春菜は思った。とても個性的な顔をした美人。

「総務部は事務所棟の二階です。でも、先に更衣室へご案内します」

笠嶋は肌がきれいだった。化粧っ気《け》がないのに肌質がマットで均一だ。黒目がちな両眼

はデフォルメしたように吊《つ》り上がっていて、大きな目と逆三角形の輪郭《りんかく》がアンバランスなのに、吸い込まれるような魅力がある。後ろを付いていきながら、

「笠嶋さんって美人ですよね」

と、話しかけると、振り向きもせずに「まさか」と笑う。初対面なので我慢したが、美人なのになぜ髪を梳《と》かさないのかと、春菜は問いたいのだった。

そんな春菜の気持ちを知る由《よし》もなく、笠嶋は簡易トイレの前で足を止めた。現場事務所は簡易柵《さく》で敷地を二つに分けられている。最も広いのがトラックや重機が出入りする工事スペースであり、奥がトンネル工事の現場になる。道路に近い敷地には二階建ての建物二棟と平屋の棟が一棟あって、平屋には簡易トイレが並んでいる。笠嶋は簡易トイレを指さして、申し訳程度の仕切りの奥が女性用だと教えてくれた。

「トイレはここしかありません。その奥は洗濯室とシャワー室、あと、ユニットバスになっているけど、そちらは泊まりの作業員さんが使うので、私たちは立ち入らないの」

「トイレは男性と一緒なんですか?」

「一応、男性と女性は分かれているから」

笠嶋は「すぐ慣れますよ」と言って、先へ進んだ。二つある棟の前で立ち止まり、

「あっちが事務所棟で、こっちが宿泊棟、一階は食堂で二階が宿舎になってます」

建物を交互に指さした。

「大規模工事の場合はキッチン付きの個室を造るようだけど、ここはそんなに大きな現場じゃないから、宿舎は相部屋で、食堂を使うんです。自炊したくてもまわりは山ばっかりでしょう？　スーパーもないし、水道も来ていないから、上の沢から水を引いて、近隣の集落からごはん炊《た》きのおばさんを雇っているの。食堂は二十四時間利用可能で、ごはんが美味《おい》しい。やっぱり一度にたくさん炊くからだと思うけど」

説明しながら振り向くたびに、黒髪の乱れが気になった。柔らかそうな髪なのに、耳の下で絡まり合って、常に風を孕《はら》んでいるように見える。

「笠嶋さんは橋高組に入社して長いんですか？」

訊ねると、笠嶋は曖昧に笑ってみせた。

「ううん、私はずっと派遣社員だから。前の派遣先も工事事務所で、そっちは橋脚《きょうきゃく》工事だったから、食堂はなかったの」

笠嶋はどこかへチラリと目をやって、

「そうゆっくりもしていられない」

と、独《ひと》り言《ごと》のように呟いた。見上げると、安全スローガンを掲げた宿泊棟の壁面に、丸い時計がくっついている。時刻は八時十五分過ぎになっていた。

「着替えが済んだら総務へ案内します」

そう言って事務所棟へ入っていく。基礎代わりのブロックにコンテナ型のプレハブ小屋を積み上げた建物は、心許《こころもと》ない仕様である。階段も外付けで、風除《かぜよ》けはパイロンだ。笠嶋について中へ入ると、心なしか床がフカフカして、やはり常設の建築物とは違う。

「事務所棟の一階は会議室兼打ち合わせ室、作業員の準備室。朝礼もこの部屋で。更衣室は準備室の奥にあります」

殺風景な室内には事務用テーブルとパイプ椅子、ホワイトボードが置かれていて、天井に『空』と書いた紙を貼り、その下に神棚が設《しつら》えてあった。

工事の進行表や勤務表、安全スローガンなどを貼りつけた壁の前で男たちが図面を取り囲んでいたが、さっきの男はその中にいない。彼らに挨拶するべきか考えていると、笠嶋は大きな目で春菜を見て、唇の前に人差し指を立てた。打ち合わせが取り込んでいるから声をかけるべきではないというのだ。無言のまま奥へ進むと、ヘルメットや作業着などが置かれた部屋があり、廊下を挟んだ片側に更衣室が仕切られていた。

「更衣室はここ。ご覧の通りの感じだから、私は事務服で通勤しています。何も置かないから、キーも挿したまんまなの。ロッカーは富沢と書いてある場所を使ってください」

笠嶋の指す先にキーを挿したままのロッカーがあって、名札ホルダーに『富沢』の名があった。結婚を前に事故死した女性の苗字《みょうじ》と同じである。

「この富沢さんって方は辞めたんですか？」

知っているのに訊ねてみると、「亡くなったのよ」と、笠嶋は答えた。

「会社帰りに林道から崖下に転落したの。このあたりは夜が暗いから危なくて。タヌキとかウサギとか、たまに熊とかカモシカとか飛び出して来ることがあって、山道に慣れていないとハンドルを切ってしまうけど、いっそ轢《ひ》いてしまったほうがいいのよね」

きれいな顔でしれしれと言う。

「咄嗟《とっさ》にハンドル切るより安全だから」

笠嶋は自分のロッカーを開けてカーディガンを羽織《はお》った。

「中に事務服があるから、それを着てください。大丈夫。クリーニング済みだし、富沢さんが死んだときに着ていた服じゃないから」

つまりそれは、ロッカーだけでなく事務服も富沢さゆりのお下がりだということか。

死んだ事務員のお下がりを使う羽目になるとは思いも寄らず、春菜は軽いショックを受けた。せめて名札は外しておいて欲しかった。そうすれば、誰のロッカーか気にすることもなかったろうに。

名札ホルダーから『富沢』と書かれた紙を抜き、扉を開けると、空のハンガーが二個掛かっていて、下段にクリーニング済みの事務服が畳んであった。スカート、ブラウス、ベストにカーディガンという組み合わせだ。普段は私服ばかりの春菜にとって、臙脂色《えんじいろ》で古臭いデザインの事務服は学生時代を思い出させた。扉の裏には小さな鏡がまだ付いていて、ここに不幸な死に方をした富沢さゆりが映っていたことを考えてしまう。

春菜はバッグを置いて事務服に着替え、スマホだけ持って更衣室を出た。驚いたことに、ほんの数分で廊下には男たちが溢《あふ》れていた。列をなして入って来ると、ヘルメットと安全帯を壁に掛け、タオルで頭を拭きながらどこかへ出ていく。

「交代時間で、今から朝食をとるんです」

笠嶋が教えてくれた。笠嶋を見習って邪魔にならぬよう壁際に身を寄せ、コソコソと隙間を縫って外へ出る。営業やプレゼンで人前に出るのが仕事の春菜にとっては、よく言えば新鮮、はっきり言えば卑屈に思える行動だった。

更衣室は事務所棟の一階にあるのだが、建物の構造上、二階へ行くには一度外に出なければならない。屋外へ出ると、笠嶋が階段の下で待っていた。外付け階段もまた簡易な造りで、足場板にくっついている階段に近い。

「事務所はこの上なんです。はじめは階段が怖いけど、すぐ慣れるから」

そう言って、春菜を階段のほうへ行かせた。

「峯村部長は入ってすぐのところにいるから」

そのまま動こうとしないので、トイレに行くつもりなのだと気が付いた。春菜は笠嶋に礼を言い、外付け階段に手を掛けた。簡易階段には蹴込《けこ》み板がなく、踏み段の隙間から森が見える。細い枝や絡んだ蔓《つる》に朝日が射《さ》して、その奥に、大きな黒い影がある。ギョッとして目を凝らすと、それは一抱《ひとかか》えもある犬だった。長い被毛が風に煽《あお》られ、真っ黒な炎のようになびいている。

「笠嶋さん、あそこに犬がいるわ。真っ黒で大きな」

春菜は笠嶋を振り返ったが、すでにトイレに消えていた。

野良犬だろうか。それとも迷い犬かしら。再び森を見てみたが、一瞬だけ目を離した隙に見失った。飼い犬だったとしても、こんな場所でリードを外すのは危険だと思う。

春菜はそのまま階段を上り、踊り場で事務服の裾を引っ張ってから、中の様子を窺った。二階はそれなりに事務所らしい仕様で、やはり神棚が設えられている。

「おはようございます」

声をかけてから引き戸を開けると、入り口すぐのカウンターで峯村が立ち上がった。

「お？　すっかり準備が整いましたね。よかったよかった」

峯村はニコニコして目を細め、「似合いますよ」とお世辞を言った。

室内には机を連ねた島が幾つかあって、作業着姿の若い男、デスクで仕事を続ける中年男性、壁際にずらりと並ぶ書類棚の前にも、三十くらいの痩せた男が立っていた。

「よろしくお願いします」

先ずは峯村に挨拶すると、峯村はその場で関係者の手を止めさせて、春菜を紹介してくれた。

「今日からしばらくの間お手伝いいただく高沢ハルナさんです」

詳しい説明は避けて簡単に言う。

「本日よりお世話になります高沢です。ちなみに、ハルナではなく高沢ハナです。どうぞよろしくお願いします」

優雅且《か》つ鋭角に腰を折り、春菜は深々と頭を下げた。プレゼンテーションで鍛《きた》えたお辞儀の仕方だ。毅然《きぜん》とした仕草《しぐさ》は仕事に対する信用を生むから、最初のお辞儀は大切なのだ。顔を上げれば室内にいた人々の春菜を見る目は一変している、ように思えた。

峯村は満足げに微笑んで、社員を一人ずつ指しながら、役職と苗字だけ教えてくれた。あちらが監理部で、これが設計部、そこが工事部などと説明していく。

総務部は入り口すぐのカウンター横に五席を並べた島だという。何も置かれていない机がふたつあり、そのうちひとつを使っていいと春菜に告げた。笠嶋の席はどこだろうかと見回すと、トイレから戻った笠嶋は監理部の島にいた。

「十時になれば松田《まつだ》さんというパート事務員さんが来ますから、わからないことがあれば彼女に訊くといいでしょう。もとは橘高組のベテラン事務員さんですからね」

峯村に言われて、春菜は電話しかないデスクに座り、仕事の準備を始めることにした。先ずは引き出しを上から順に開けてみる。メインの引き出しには取引先業者や担当者の名前、電話番号などの一覧表と、消しゴムと鉛筆が入っていた。脇の引き出しは空っぽだったが、一番下の一番深い引き出しを開けたとき、カツンと小さな音がした。

なんだろうと腰を屈《かが》めて奥を覗いて、春菜は思わず眉をひそめた。引き出しの奥、通常ならば目にすることもない背板部分に、黒い木札がぶら下がっていたからだった。引き出しの奥に手を突っ込んで、背板にセロハンテープで貼られた木札を外す。まさか隠温羅流の因かと思ったがそうではなくて、木札には痩せて手足の長い鬼が彫られていた。四肢が奇妙に折れ曲がり、炯々《けいけい》と眼を光らせた、あまりに不気味な姿であった。

引き出しを戻して背筋を伸ばし、春菜は峯村を窺った。

「どうかしましたか？」

「この机、もしかして富沢さんが使っていたものですか？」

峯村は悪びれもせずに「そうですが」と答えた。

「それがなにか？」

春菜は席を立って行き、手のひらにスッポリ収まるサイズの木札を見せた。

「変なものがありました。引き出しの奥に」

「おや、そうですか？」

峯村はメガネをなおし、春菜の手のひらを覗き込んだ。

「これってもしや、呪《のろ》いの道具じゃないですか」

周囲に配慮して声を潜めたが、峯村は苦笑いしながら「いやいや」と笑った。

「これは呪いの品じゃなく、お守りだね」

「お守り」

驚いた。どう見ても鬼か、悪魔である。左右に伸びた長い角、目玉は大きく、あばらが浮いて、手足が奇妙に細長い、不気味で鬼気迫る風貌なのだ。

「そう。魔除《まよ》けのお守り。工事宿舎の入り口にも、同じお札が貼ってありますよ」

「どうしてこれが魔除けなんですか。こんなに怖いのに」

「この恐ろしい姿は、高僧が邪気を祓《はら》うために変じたもので、鬼と化して鬼を祓う強力な力があると信じられているそうですよ」

「じゃ、富沢さんが自分で貼ったってことかしら」

「それはどうかな」

峯村は首を傾げながら、「どうします？　これ」と、訊いてきた。

「富沢さんの私物は、すでにご家族が引き取っていった後だしね。これだけ送ってあげるのも、傷口に塩を擦《す》り込むようだしなあ」

持て余したように言うので、春菜は再び木札を受け取った。

「なら、元の場所へくっつけておきます。魔除けの必要があったのかもしれないし」

すると峯村はメガネの奥で目を丸くした。

「意外だなぁ。高沢さんは今どき気質で迷信には囚《とら》われないタイプだと、井之上さんから聞かされていましたが」

「もちろん迷信になんか囚われません。ただ……」

と、春菜は言葉尻《ことばじり》を濁した。迷信で片付けられない事柄もこの世には確かに存在すると、最近は思うようになったのだ。

「ただ、なんですか？」

春菜は顔を上げて峯村を見た。

「信じる気持ちは大切にしてあげようと思うだけです。私がどう考えるかではなく」

話を打ち切ってデスクに戻り、再び背板に魔除けの木札を貼り付けた。念を入れて他も調べたが、亡き富沢さゆりのデスクには、それ以外に変わったところはなかった。

更衣室から運んで来たノートパソコンをデスクに設置し、電話の脇に得意先名簿の一覧表を置く。現場事務所へ掛かってくる電話は直通以外すべて総務が取るというので、春菜は峯村に教わって、橘高組の内線番号と各部署の仕事内容、担当者の名前の一覧表を作った。たとえ一週間の腰掛けだとしても、使えない女と思われるのは厭なのだ。

そうこうするうち、ベテランのパート事務員が出勤してきて春菜のはす向かいの席に着いた。

「あらぁ。こんな山奥の事務所まで、よく来てくれたわねぇ」

松田は五十がらみのおばさんで、クルクルパーマに銀縁メガネを掛けていた。小太りで顎《あご》と首が同じ太さ、声は甲高《かんだか》く、全身から世話好きな雰囲気がにじみ出ている。

彼女だけは峯村から事情を聞いているらしく、デスクを回り込んで春菜の隣まで来ると、わざとらしく声を潜めて「よろしくね」と、言った。

「ここはすぐ人がいなくなっちゃうし、最近は特に不幸が続いて、ヤな雰囲気になっちゃって……その席にいたさゆりちゃんもねえ、いい子だったのに、最後の日にね、虫刺されから熱が出て、私が病院まで送ってあげようかって言ったんだけど……ほら、ここって山の中でしょう？　一番近い病院でも下の町まで行かなきゃだから。でも、車を置いて帰ると次の日通勤の足がないからって、休憩室で休んでから帰ることになっていたのよ。私はほら、五時で帰ってしまうから知らなかったんだけど、後で話を聞いたらね、帰ったのは真夜中だったって言うじゃない」

「真夜中じゃないよ、十時過ぎだよ」

峯村が口を出す。鼻の頭にメガネを載せて、書類から顔を上げようともしない。

「そんなこと言っても部長、十時なんて、ここじゃ真夜中も同然ですよ」

松田は眉根《まゆね》を寄せて峯村に言い、

「それがね、本当はもう少し早く帰れたのに、車のエンジンが掛からなくなってしまったんだって。バッテリーも上がってないのによ」

一層声を潜めた。それから窺うように室内に目を走らせて、

「怖いわよねえ」

と、春菜に同意を求めた。好奇心旺盛《おうせい》なのはいいけれど、他人の不幸は蜜《みつ》の味とでも言いたげな、無責任で無節操な噂の仕方は好きじゃない。

「なにがですか?」

冷たく訊くと、松田は体を引いて目を細め、値踏みするように春菜を睨んだ。

「なにって高沢さん。ここはほら、いろんなことが続いているのよ。さゆりちゃんだけじゃなくってね、山で死んでた進藤さんも、前の日がお誕生日だったのよ。さゆりちゃんは、結婚式や新婚旅行の話をしていたし、進藤さんは進藤さんで、子供たちにプレゼントしてもらったエプロン着けて、それを自慢してたのよ」

「どういうことですか」

春菜が訊くと、松田は首を伸ばして、また、あたりを窺った。

「二人とも妬《ねた》まれる理由があったってことじゃない」

「結婚や誕生日が妬まれる理由になるんですか」

「それはあなた……」

松田はついに春菜の隣にしゃがみ込んだ。まだまだ話し足りないようで、デスクの隙間に隠れてヒソヒソ話す。

「妬む人だっているでしょうよ。例えば、独身で家族も友だちも恋人もいないとかね。そういう人にとったらば、さゆりちゃんの結婚も、進藤さんのエプロンも、当てつけみたいに思えるじゃないの」

そうだろうか。思考回路が単純だからか、春菜にはその気持ちがわからない。それに、そう考える人がいたとしても、考えるだけで二人を事故に遭わせたりできるはずはない。そもそも独身だから妬んでいるなんて思われるのは腹が立つ。

「私も彼氏いない歴長いですけど、仲間の結婚を羨《うらや》んだりはしませんよ。結婚は、したらしたで大変そうだし」

「そりゃね、でも、あなたは美人じゃないの」

と、松田は笑い、峯村に聞こえないよう、さらに小さな声で言う。

「でも、そういうことってあると思うのよ? 誰かが誰かを妬んでさ、怨《うら》みが相手に飛んでいくとか。それが証拠に、二人が死んで会社に来なくなっちゃった人がいるんだから」

「仰っている意味がわかりません」

松田はしゃがんだままで身を乗り出した。

「暗ーいタイプがいたのよう。顔色が悪くてさ、気が付くと、じーっと誰かを睨んでいるような。ここでも孤立してたのよ。そりゃ、話しもしない、挨拶も、返事もろくにできないんじゃ当たり前だけど。聞いたらね、履歴書の、家族の欄が空白だって。どんな生活をしてきたんだか、現場から現場へ渡り歩いて……ほら、こういう現場は大抵宿泊施設があるものだから、多いのよ？　家を持たない風来坊みたいな人たちが」

松田はちょっと首を伸ばして峯村を窺い、次には春菜をしっかり見上げた。

「それでね、進藤さんのことが新聞に載った翌日から、ここへ来なくなっちゃったの」

「その人が二人に怨みを飛ばした犯人だって言うんですか？」

春菜がはっきり訊ねると、松田は目を見開いて、責任を転嫁するような物言いをした。

「あなた、だって、あなたがそれを易見《えきみ》に来たんじゃないの」

自分は易者じゃありませんと反論しようとしたとき、ポケットのスマホがブルブル震えた。

「すみません」

松田に謝って着信ボタンを押す。松田は興を削《そ》がれてデスクへ戻り、峯村は、さっきと同じ姿勢で書類を見ている。アーキテクツの仕事をしても構わないと言われたものの、実際現場へ来てみれば、そう上手い具合にはいきそうもない。根も葉もない噂には辟易《へきえき》する。恐縮して電話を受けながら、春菜は、やはり貧乏くじを引いたような気がした。

「春菜さんっすか？　俺っすよ」

そんな気鬱《きうつ》を吹き飛ばすかのように、スマホから元気な声が響いてきた。鐘鋳建設の見習い職人、崇道浩一《すどうこういち》の声だった。

「うそ……コーイチ？」

春菜はお日様の光を浴びたように高揚《こうよう》した。

「そっすよ。ところで春菜さん、お元気で？」

懐《なつ》かしい声だ。たった数ヵ月ぶりとはいえ、とても、とても懐かしい。それなのに、春菜は喜びを素直に言葉にできない。

「元気に決まっているじゃない。なあに？　突然どうしたの？」

「やー」と、コーイチは『や』の音を伸ばす。

「元気ならよかったっす。んじゃ、また」

「え。待って待って、ちょっと待ってよ」

あっさり電話を切ろうとするので、春菜は思わず引き留めた。まわりが気になって廊下へ出ていきたかったが、ワンフロアなので逃げ場はない。春菜は松田を見倣《みなら》って、椅子から下りて床にしゃがんだ。デスクの下に潜り込み、スマホと口を片手で覆う。

「何かあるから電話してきたんでしょ」

「そうなんすけどね、春菜さんが元気なら、それでいいんすよ」

「それでいいって……ていうか、どうして私が元気じゃないと思ったのよ」

「それは社長が」

コーイチが社長と呼ぶのは仙龍のことだ。春菜はスマホを持つ手をキュッと握った。

「つか、珠青さんが不吉な夢を見たっていうから。てか、なんにもないならいいんすよ」

「なんなのよ。不吉な夢って」

「あー」

コーイチは、今度は『あ』の音を長く伸ばした。

「こういうの、あんまり聞かないほうがいいんすよ」

「そっちが電話して来るからじゃない。聞かなきゃ余計気になるわ。第一」

タイミングがよすぎるじゃないの。と、春菜は思う。仕事欲しさに山奥まで来たけれど、冷静に言うと、ここに自分の味方は一人もいないんじゃないかと思う。春菜はコーイチの声を聞いたとたんに心細くなってきたのだ。

「黒い……が、っすね……」

「え？　黒い、なに？」

「……から……へ……降ってく……」

ピーッと小さな音を立て、コーイチの声は突然切れた。

「え、ちょっと、コーイチ、コーイチ」

たった今まで話していたのに、見ると圏外になっている。デスクの下を抜け出して、コーイチに掛けてみたが、電話がつながることはなかった。

「電波状態が不安定なのよ、ここ」

はす向かいの席から松田が言う。ニヤニヤと口元がだらしなく笑っている。

「固定電話を使っていいわよ。電話線は来てるんだから」

恩を売るような言い方に、春菜は勘違いされているのだと悟った。コーイチと呼び捨てしたので、彼氏からだと思われたのだ。ついさっき、彼氏いない歴が長いと白状したばかりなのに。

「いえ。特別急用でもないので、大丈夫です」

毅然としてパソコンを立ち上げ、春菜はアーキテクツから持ち込んだ仕事を始めた。起動を待ちながらふと監理部のほうへ目をやると、出力機の前に立っている笠嶋と目が合った。春菜に気付くと慌てたように目を逸らす。

なんなのよ、もう……。

心で言いつつモニターを見た。考えすぎかもしれないが、自分が余所者《よそもの》扱いされているような気がしてきた。パソコンが立ち上がったので確認すると、未処理の印がついたメールがデスクトップに残されていて、放置していた仕事を思い出した。

「ああこれ、うーん」

どうしようかなと呟きながらメールを開く。それはアーキテクツの商業施設事務局から、営業依頼のメールであった。

――件名：たまむし工房様名刺デザインと印刷について　送信者：轟《とどろき》

お疲れ様です。ちょっと面倒くさい仕事ですが、話だけでも聞いてやってもらえませんか。実は、先日リノベーション工事を見積もったガラス工房なんですが、価格が折り合わず、受注にはなりませんでした。

クライアントのたまむし工房さんは美大を卒業したばかりで、安茂里《あもり》に古民家を買って小さなガラス工房を開いています。目下の販売ルートはネット通販と展示即売会のみで、業績が軌道に乗っているとは言い難く、今まではネットの簡易印刷を利用して名刺を作っていたそうですが、うちへ発注できなかったのを申し訳ないと思ったのか（リノベは自分でコツコツやるそうですｗ）名刺の仕事をくれるといいます。

本心を言えば、そういう仕事はネット印刷へ出してもらったほうがいいのですが、せっかくクライアントが厚意で言ってくれているのを無下にもできず、営業を紹介すると伝えておきました。高沢さんなら、どっちへ転んでも上手く処理してくれると思ったもので。すみませんが、あとはよろしくお願いします——

直接やりとりしてくれと、クライアントのメールアドレスが添付されている。

「どうするかなあ」

春菜は髪を掻き上げた。

名刺印刷自体はせいぜい数千円の仕事だが、問題はデザインなのだ。轟は価格が合わずにリノベーションの仕事は取れなかったと言っている。察するに、クライアントはネット印刷に色をつけた程度の価格でオリジナルデザインを発注するつもりでいるらしい。

しかし、デザインにかかる費用は高額だ。ロゴデザインや、屋号に使う特殊書体を書き起こす費用は、印刷代とは比べものにならない。デザインを仕上げるためには複数回の打ち合わせを含め多大な労力を要するが、労力は目に見えないから価格を納得してもらうのが難しい。クライアントは起業したばかりで資金がないし、わずか数千円で印刷できる名刺のために、数万円を超えるデザイン料を支払うとも思えなかった。

ここはやはり、事情を説明して断るのが得策だろう。

仕事モードに入ったとたん、魔除けの木札も、ここに自分がいるわけも、遥《はる》か彼方《かなた》へ飛び去った。春菜はたまむし工房へメールを書いた。

――件名：名刺デザインと印刷について　たまむし工房様へ　高沢春菜

はじめまして。株式会社アーキテクツで営業を担当しております高沢です。過日弊社の轟から引き継いだ件ですが――

春菜はキーを打つ手を止めた。美大を出て、ようやく自分の工房を持ったのよね。と、考える。夢が膨《ふく》らんでいるときだろう。新しい名刺を新しいデザインで。そこに工房の未来を込めたい気持ちもよくわかる。けれど実際問題として、春菜もまたデザイン費用をデザイナーに支払う義務を負う。無から有を生み出すことは容易ではなくて、クライアントも芸術家であるならば、そこはよくわかっているはずだ。予算が厳しそうだから仕事をおりる。儲からない仕事には手を出さない。

「それじゃ、パグ男と一緒よね？」

春菜は顔をしかめてため息をついた。

パグ男こと長坂は、悪名高い設計士だ。希望に燃えてこの世界へ入って来る新人の営業を好んで呼びつけ、発注をちらつかせて煩雑な仕事をさせる。そして多くの場合、発注せずに労力だけをかすめ取るのだ。彼に潰《つぶ》された新人は数知れず。同様の憂《う》き目《め》に遭ってきた春菜は、長坂を心底軽蔑《けいべつ》している。

翻って自分はどうだろう。起業したばかりの青年の依頼を、儲けが出ないという理由で突っぱねるなら、それは魂のレベルで長坂と同等にならないだろうか。

春菜は自分に問い質し、そして続きのメールを打った。

――先ずはお目にかかって詳しいお話を伺いたいと存じます。つきましては……――

都合のいい時間に工房へ伺うので、作品や制作のコンセプトなどを聞かせて欲しいと伝えた。そのときにロゴデザインが高額になることを説明し、予算が厳しいと言われた場合は、安価に仕上げる方法を提案しよう。売り上げ金額数千円。利益率十パーセント程度の仕事では、営業経費も出ないのだが、起業したばかりの若者を応援したい気持ちもあった。世はすべからく縁に因する。誰かにそんな言葉を聞いたような、聞かないような。

「高沢さん。手が空いたなら、お昼ごはんを食べてらっしゃいよ」

完全に『アーキテクツの高沢』モードに突入していたので、春菜は急に声を掛けられて目をパチクリさせた。はす向かいのデスクから、松田がこちらを眺めている。

「今なら食堂が空《す》いているから」

「あ。はい」

と答えてモニターを見ると、まだ十一時を過ぎたばかりだ。

「この時間が狙《ねら》い目なのよ」

満面に人のよさそうな笑みを浮かべて、松田は何度も頷いた。まだ空腹ではなかったが、郷に入っては郷に従えと井之上に言われたことを思い出す。

「わかりました」

春菜はスマホを持って席を立ち、「お先に失礼いたします」と、総務の二人に頭を下げた。

「何か気になったら、遠慮なく、ね」

含みを持たせて峯村が言う。峯村が自分に何を期待しているのか、春菜にはさっぱりわからなかった。

峯村が飯場と呼んだ食堂は、宿泊棟の一階にある。事務所棟と同じプレハブ仕様だが、こちらは奥に立派な厨房《ちゅうぼう》があり、数名のおばちゃんが割烹着《かっぽうぎ》姿で調理していた。食事スペースにはいくつもテーブルが並び、中央に醤油《しょうゆ》などの調味料を入れたケースと箸立《はした》てが置かれ、すでに惣菜《そうざい》が載せられていた。フライ、ハンバーグ、天ぷら、キンピラ、漬物は言うに及ばず、山奥なのに刺身の盛り合わせまであるのには驚いた。

ごはん、味噌汁、お茶は各自が用意するらしく、部屋の片隅に置かれたテーブルに味噌汁の保温ジャーとお櫃《ひつ》が並んでいる。食事する者はごはんなどを自分で盛ってトレーに載せ、取り皿を持って好きなテーブルに着くようだ。調理場のおばちゃんたちは新しいおかずを出すタイミングをはかっているようで、目を皿のようにして食堂内部を見守っている。

松田はこの時間が狙い目だと言ったが、三十人以上が座れる食堂で、すでに十人ほどが食事をしていた。テーブル二つを占領した作業員の中に、今朝の失礼な男もいる。彼らは脇目も振らずに食べ続け、入って来た春菜には目もくれない。離れたテーブルにお茶を運んで自分の席を確保してから、春菜はごはんと味噌汁をよそいに戻った。

「あんた、見かけない顔だけど新しい人？」

食堂と厨房を分けるカウンターに手を置いて、おばちゃんの一人が春菜に訊く。

「はい。今日からお世話になっています。高沢です」

おばちゃんは「ふーん」と鼻で答えるや、

「味噌汁をかけたかったら、ごはんを入れてね、お椀《わん》のほうへ」

と、指先で春菜に指図した。そうするつもりはサラサラないが、峯村とまったく同じことを言うので好奇心が湧《わ》いた。お椀に味噌汁、お茶碗にごはんをよそって皿を取り、春菜はテーブルへ戻らずに、カウンターにトレーを載せた。おばちゃんのそばまでトレーを滑らせ、憚るように声を潜める。

「どうしてかけちゃいけないんですか？　味噌汁を、ごはんに」

おばちゃんはわずかに体を引くと、首を伸ばして食事中の男たちに目をやった。春菜もそちらを振り向いて見たが、男たちはさっきとまったく同じ様子で黙々と食事を続けている。食事中だというのに妙に静かで、雑談している様子もない。

「イヌガミが憑《つ》くからよ」

「え？」

囁《ささや》かれたので視線を戻すと、おばちゃんはただ頷いている。なんですかイヌガミって。そう訊こうとして口をつぐんだ。厨房で働くおばちゃんたち全員が、無言で春菜を見ていたからだ。その表情は、ひと言ですべてを悟れと語っている。

なぜなのか、ここは深く訊かずに引き下がるべきだと感じた。春菜は自分のテーブルに戻り、たった独りで食事をはじめた。

――イヌガミ……？

それにしても、こんなに豪華な賄いがあるだろうか。天ぷらの海老《えび》は大型で、刺身も新鮮、唐揚げも、フライも、完璧《かんぺき》すぎる仕上がりだ。所詮《しょせん》は飯場と思っていたのに、へたな食堂より素材がいい。これでは味噌汁をかけて食べる人などいるはずがない。それとも、するはずのないことを敢《あ》えてするから、凶事として忌み嫌われるのだろうか。

イヌガミ……イヌガミが憑くって、どういう意味？

思い浮かべたのは、民俗学者小林寿夫《ひさお》の顔だった。細身の体にいつもグレーの作業着を着て、腰に手拭いを下げている。民俗学の講演や解説を行うときも、フィールドワークに出るときも、同じ服装で手拭いだけを替えている。福々しい峯村が街の小学校の用務員さんなら、小林教授は田舎《いなか》の小学校の用務員さんという風貌だ。

そういえば、教授ともしばらく会っていない。スマホで時間を確認すると、十一時半になるところだった。ここから小林教授がいる信濃《しなの》歴史民俗資料館へ向かうとすると、往復三時間はかかるだろう。いや、いっそ山越えしてゆけば、片道四十分程度で着けるのか。教授と話して二時間程度、さらに、

「たまむし工房へも顔を出して来ようかしら」

独り言を呟いて、春菜はご飯をかき込んだ。障りの正体を暴《あば》くためなら、峯村も了承してくれるだろう。行って戻ってたぶん五時過ぎ。終業時間には間に合うはずだ。

作業員たちより先に食事を終えて、春菜は自分の席へ戻った。

「早かったわね。もっとゆっくり食べてくればよかったのに。お昼休みは四十五分よ」

春菜を見ると松田は言ったが、言葉と裏腹にそそくさと席を立ち、食事に行く用意をはじめた。彼女が出ていくのを待ってから、春菜は峯村のデスクに寄った。

「おいしかったかい?」

と、峯村が訊く。

「おかずが豪華でビックリしました。それより峯村部長、少しよろしいでしょうか」

イヌガミってご存じですか? と、訊きたいところを、すんでのところで踏み止《とど》まった。峯村は橘高組の総務部長で、この現場に来てすでに半年が経つという。食堂のおばちゃんたちとも懇意だろうし、今日来たばかりの春菜が耳にした事柄を聞いていないはずがない。些末《さまつ》なことの言葉尻を摑《つか》んで見せびらかすような真似《まね》は慎んで、相応の成果を報告するべきだ。

「営業の仕事が入ってしまって、少し出かけてきたいのですが」

そう言うと、峯村はメガネをずらして、

「それはもちろん構いませんよ。ただ、道が狭いので気をつけて」とだけ言った。

「気をつけます。戻りは五時過ぎになりますが」

「直帰していいですよ、と、言いたいところですが、タイムカードは押してもらわないと困りますので、気をつけて帰って来てください。ガソリン代は、申《もう》し訳《わけ》ありませんが通勤費に含む形になってしまいますが」

「ええ。それはもう」

春菜はそそくさとノートパソコンを畳んで小脇に抱えた。

「行ってきます」

カウンターを回り込んで簡易階段の踊り場へ出ると、トイレ棟の脇に設置された手洗い場に笠嶋がいた。ああそうだ、ついでにトイレも済ませて戻ろうと、春菜は関係ないことを考える。すぐに慣れるかもしれないけれど、置き式の現場用トイレは狭くて使い勝手が悪い上に、ポットン式なのが辛いのだった。階段を駆け下りていくと、

「あの、ちょっと」

と、笠嶋が声をかけてきた。あたりを憚るように手招きしている。

心はすでに信濃歴史民俗資料館へ飛んでいたものの、無視するわけにもいかないので近寄っていくと、笠嶋は手招きしながらトイレ棟の裏へ入っていく。プレハブの裏と藪に挟まれた一メートルほどの隙間では、作業員が喫煙するらしく、灰皿代わりに水の溜《た》まった

一斗缶が置かれていた。

「なんですか？」

忙しいんだけどな、と思いながらも訊ねると、笠嶋は申し訳なさそうな顔をして、

「食事、もう済みました？」と訊く。

「お先に頂戴《ちょうだい》しました。笠嶋さんが言っていたように、ごはん、とっても美味しかったです。おかずも豪華でビックリしちゃって」

社交辞令さながらに答えると、笠嶋は、吊り上がった目をニッと細めた。

「豪華なのには理由があるの」

「重労働だからでしょ」

「そうじゃなく」

黒目がちな瞳で春菜を見つめて、笠嶋は鼻ですうすう息をした。

「高沢さんを怖がらせる気はないけれど、犬がいるから」

「ああ」

胸に抱いたノートパソコンの冷たさを感じながら、春菜はプレハブ裏の藪を見上げた。そうなのか。大きな犬を飼っているから、残飯が必要だというのだろうか。

それにしては食事が豪華すぎる気もするけれど、よくわからない。黒犬は疾《と》うにどこかへ消えて、灰色の雑木林が山に向かって続くばかりだ。

「真っ黒で大きな犬ですか。あれ、野良犬じゃなかったんですね」

「見たの？」

森を指すと、笠嶋は薄い唇を三日月形に吊り上げて、関係のないことを言った。

「今朝、あのへんで」

「ここ、廃村になって、もう、何十年も経つんですよ」

話の嚙《か》み合《あ》わない人だなあ。一瞬そう思ったものの、春菜は廃村だったという事実に興味が湧いた。

「ここって廃村だったんですね。どうりで寂れた感じがすると思ったわ。あの学校も、それなら納得。古い校舎ですもんね。手入れもされてなかったし、今どきあんな木の外壁なんて見ないから」

コクンと深く頷いて、笠嶋はさらに声を潜めた。

「食堂に来ているおばさんたちも、下の集落から通ってるんです。ここはもともと曰くありの村で……だからあなたも気をつけたほうがいいと思う」

そう言って、笠嶋は春菜のそばへ寄ってきた。朝見たままに髪が乱れて、クシャクシャと耳の下で絡まっている。

「亡くなった富沢さんと、進藤さん、二人もやっぱり犬を見たって言っていて、しばらくしてから事故に遭ったの。黒くて大きな毛の長い犬」

「え」

不吉な表情で厭なことを言う。

「だってそれ、ここで飼ってる犬なんでしょ。違うの？」

「そういうことじゃないんです。全部、犬のせいだって言ってるの」

「え。よくわからない。あの黒犬が何か？」

笠嶋は意味ありげに眉根を寄せた。

「ここ、怖いでしょ」

「怖い？　なにが？」

笠嶋がわざと意味深な物言いをしているようで、春菜はそれが気にいらない。乱れた黒髪が疲れたふうで、そのせいなのか覇気も生気も枯れ果てて、笠嶋は一気に萎《しな》びて見える。春菜がムキになって訊ねると、

「もうじき大きな事故が起きる」

笠嶋はポロリと言った。

「みんなそう言っているし」

「どういうことですか？」

さらに訊くと笠嶋は目を逸らし、

「こういうことを話すと馬鹿《ばか》にされるかもしれないけれど、いなくなったの、富沢さんと

「……二人は特に、殺されたって噂があるし……」

と、静かに答えた。

一陣の風に混じって、獣の臭いが鼻腔《びこう》をかすめる。ただでさえ山陰に建つ現場事務所の、さらに簡易トイレの裏側だ。風の通り道になっているのか、凍《こお》るような風が吹き過ぎる。春菜はゾクリと身を震わせた。

「殺されたって……誰に？」

噂好きな松田の言葉を思い出しつつ、そんなはずはないと頭の中で反論していた。二人の記事は新聞で読んだ。どちらも不幸な事故であり、殺人の疑いがあるとは書かれていない。まして怨みを飛ばして事故を呼んだなんてことは、あり得ない。

「イヌガミよ」

春菜ではなく、地面を見つめて笠嶋は呟く。その瞬間、春菜は全身に鳥肌が立った。

「二人とも、亡くなる少し前に高沢さんと同じことを言ったのよ。黒くて大きな犬を見たって。その犬が、まわりをうろついているんだって。でも、本当はここに犬なんかいない。それは犬じゃないんです」

「ちょっと待って笠嶋さん」

春菜の脇をすり抜けて、笠嶋は逃げるように建物の裏を出ていった。プレハブの横で立ち止まり、春菜の意志を確認するかのように一瞬だけ振り向くと、後は何事もなかったように食堂のほうへ歩いていく。

そんなことってある？

今朝見た犬の姿を、春菜は思い出してみる。自分自身に問いかけてみても、どんな返答も浮かんでこない。あれが犬じゃなかったら、私が見たのはなんだというの。

「なによ……イヌガミって……なんなのよ」

肩を怒らせ、ため息をついて、春菜もその場を抜け出した。更衣室でバッグを取って、事務服のまま廃校へ向かう。自由気ままな小林教授が資料館にいる確証もないのに、春菜は車のエンジンをかけた。一刻も早く、この不気味な場所を離れたかったからだった。

其の三

神人《じにん》の山

嘉見帰来山から信濃歴史民俗資料館へ向かうなら、市街地へ出るより、いっそ峠を越えてしまうのが早い。春菜は村道から県道へ抜け、やがて国道に出て資料館へ向かった。

途中、田植え準備が進む水田地帯を眺めて清々《すがすが》しい気分になり、あの山は何なのだろうと考えた。標高が上がれば空気も澄んで、清々しくなっていくものだとばかり思っていたのに、嘉見帰来山はそうではなくて、どんより重い空気に押しつぶされそうだった。出向を命じられて腐っていたからではもちろんない。その証拠に、里山の風景には心が浮き立つ。春を待ちわびて咲き競う花々や、畑で燃やされる虫追い藁《わら》の白い煙。風は柔らかく、日向《ひなた》の匂いが立ちのぼる。春遅い信州の春は穏《おだ》やかで且つ賑《にぎ》やかだ。

名刺デザインを依頼されたたまむし工房の近くを通り過ぎ、無事に資料館へ到着したのは、午後一時過ぎのことだった。

信濃歴史民俗資料館は郊外にあり、復元された古墳群や科野《しなの》の森を含め、広大な敷地を有している。県内外の個人や団体から寄贈された史料や古文書を保存展示する文書館、考古館を併設し、学び舎《まなや》としての役割も担っている。民俗学者の小林寿夫はここの学芸員で、大学教授を退いて久しい今も教授の愛称で呼ばれる名物学者だ。

逃げるように工事現場を出て来た春菜は、資料館の駐車場でようやく人心地がついて、今さら教授に電話した。教授は自分の興味があること以外はまったく眼中にない人なので、電話したからといってつながるとも限らないし、フィールドワークや学会の仕事で資料館を留守にすることも多いのだが、なぜかこの日は必ず会えるという確信めいた予感があった。しかし、いつもどおり電話はサッパリつながらない。しばらく呼び出し音を聞いてから、春菜は諦めて資料館の事務所へ掛けてみた。

「小林先生なら、今日は出勤しているはずですよ」

ほらね。春菜は自分の直感を褒めたくなった。懇意の職員は、

「科野の森にいるんですけど、電話には出ないんですねえ、やっぱり」

と笑い、それから少し怒ったような口調になって、

「先生を見かけたら、事務所にも電話するよう伝えてください」

と伝言を頼んできた。今日中に業者へゴーサインを出さなければならない書類があるのに、まだ目を通してくれないのだという。

苦笑交じりに礼を言い、春菜は資料館の脇に公園として整備された科野の森へ向かった。科野の森は、資料館を建てる際に地中から発掘された古墳時代中頃のムラを再現した施設だが、残念ながらその当時、春菜はまだこの仕事に就いていなかった。

上司の井之上は信濃歴史民俗資料館の立ち上げにも関わっていて、苦労話を聞かされる

たび、春菜は羨ましく思っていた。土の下から掘り出される過去のムラと人々の暮らし。地中から古《いにしえ》の生活や歴史が現れ出るなんて、それはどんな気分だろう。直《じか》に触れ、思いを馳せて再現し、学問に裏付けられた過去の光景を人々の目に触れさせる仕事の素晴らしさ。いつかは自分もそんな仕事に関わりたいものだと思う。

科野の森へ向かう道にはドングリが植えられているのだが、これも発掘された実を参考に同じ種類を植えたものだと井之上は言う。新芽がドングリ色をしていることも面白く、それを眺めながら科野の森へ向かっていくと、下草が萌《も》えはじめたばかりの公園に花の香りが漂っていた。平日のせいか人影はなく、教授はどこかと探していくと、高床式倉庫に掛けた梯子《はしご》の下で倉庫を見上げている教授を見つけた。いつもと同じ灰色のシャツ、ゆるめの作業ズボンを革のベルトで締め上げて、お尻《しり》に手拭いをぶら下げている。

「小林教授」

呼びかけると、教授は振り向いてメガネを直した。

「あれ。春菜ちゃんじゃありませんか」

一緒に様々な因縁物件と関わっていくうちに、いつしか教授から『春菜ちゃん』と呼ばれるようになっていた。小林教授にちゃん付けされると、くすぐったいような気持ちになる。

「打ち合わせの約束をしていましたっけ。あれれ？　なんの件だったかな」

「そうじゃありません。アポなしで伺ったのはこちらの都合で……」

そこまで言って、春菜は教授が不思議そうな顔で自分を見るのに気が付いた。

「アーキテクツさんは、その……制服があったんですねえ。いささか懐かしい感じのデザインですが、よくお似合いですよ」

それで春菜も、自分が橋高組の事務服姿だったと気が付いた。懐かしい感じと歪曲《わいきょく》して教授は言うが、要は古臭いデザインなのだ。

「あこれ、わけありで、うちの制服じゃありません。うちのはもっと今風の、お洒落《しゃれ》なヤツです。それはそうと小林教授、職員の小平《こだいら》さんが電話欲しいと言ってましたよ？今日中に業者さんへ戻す書類があるのを忘れてないかって」

「あ」

と、教授は自分で自分の頭を叩き、ペロリと小さく舌を出した。

「仰るとおり、すっかり忘れていましたねえ。いけない。ちょっと、コーイチ君」

「はーい。なんっすか？」

小林教授が高床式倉庫に呼びかけると、木材と藁と縄で編まれた倉庫から、コーイチの声が降ってきた。

「私は事務所へ戻らなきゃならなくなりました。ここはお任せしますから、あとで事務所へ寄ってください」

「いっすよー、俺、ちゃんと見ておきます」

「コーイチ。コーイチって、あのコーイチ？」

高床式倉庫を見上げて訊くと、教授は笑って「そうですよ」と答えた。

「ここにあるのはどれも復元家屋ですからね。現代の建物のようには保《も》ちません。暖かくなってくると子供たちも大勢やってきますしね。定期的に手を加えていかないと、事故があったら大変ですから」

それだけ言うと、小林教授は春菜のことなど忘れたかのように踵《きびす》を返した。

「あ、ちょっと教授」

「すみませんねえ。お昼までにゴーサインを出さないと、企画展に間に合いませんよって、業者さんから念を押されていたんでした」

すでに昼は過ぎている。教授が言い訳《わけ》しながら逃げていくので、仕方なく春菜は行かせてあげた。見知らぬ業者の苦労が身に染《し》みたからでもあった。

クライアントの承諾無しに業者は製作できないが、クライアントの承諾が遅れた場合でも、納期を遅らせることは許されないのだ。教授が確認作業を終える頃に事務所へ押しかける作戦に変え、コーイチから今朝受けた電話の詳細を聞くことにした。

春菜は教授が立っていた場所まで行って梯子の下から陋屋《ろうおく》を見上げた。古墳時代を模《も》した高床式倉庫は、地面に立てた丸太で床そのものを持ち上げてあり、出入り口へは丸太梯子で上っていく。床までの高さは二メートル強。梯子を留めているのは荒縄だ。

これ、大丈夫なのかなと思いながら梯子を揺すってみたが、案外頑丈に造られている。ちょっと上ってみようと思ったら、タイトスカートが邪魔で足が上がらない。春菜は周囲を見回して、膝上までスカートをたくし上げ、とっとと梯子を上っていった。数段上って覗いてみると、薄暗い高床式倉庫に人の気配はまったくない。もう一段上って奥まで見たが、内部はただのがらんどうだ。

「あれ、コーイチ?」

どこにともなく呼びかけてみると、

「あれ、春菜さん?」

どこからか声が降ってきた。まさか天井に張り付いているのかと上を仰ぐも、やはり庫内は空っぽだ。

「こっちこっち、ここっすよー、こっちっすー」

パラパラと、頭の上にゴミが降ってきた。大きく胸を反《そ》らせて天を仰ぐと、茅葺《かやぶ》きの庇《ひさし》を支える梁《はり》の上から、コーイチがぴょこんと顔を覗かせている。人なつこい猿顔に満面の笑みを浮かべていた。

「そんなところで何やってるの」

眩しさに目を瞬きながら春菜が訊く。

「なにって、屋根の点検っすよ。ほら、腐ると水が入っちゃうから」

「だってあなたは曳き屋でしょ？　それって大工《だいく》さんのすることじゃ」

「曳き屋も大工っすよ。つか、春菜さん」

コーイチはそこでニマッと笑い、

「相変わらず美人さんっすね」と、付け足した。

「スカートで梯子を上るのアブナいっすよ？　下に誰か来たら丸見えっすから」

春菜はスカートをたくし上げていたことに気が付いて、慌てて梯子を下りた。

「もう終わるんで。すぐ下りるから待っててください」

誰も見ていなかったかと、春菜があたりを見回していると、茅《かや》の切れ端と一緒にコーイチが屋根を下りてきた。脚立を置いていたわけではなく、丸太梯子を使うわけでもない。彼は軒天《のきてん》に腕を掛け、くるりと回って着地した。

「相変わらず猿みたい」

「あざーっす」

と、コーイチは白い歯を見せた。

「身軽と怪力は曳き屋の身上っすから。つか、どうしちゃったんすか、そのカッコ」

教授だけでなくコーイチからも訊かれると、春菜は時代遅れの事務服が恥ずかしくなってきた。後でたまむし工房へも寄るつもりだが、この格好では不味《まず》いだろうか。

「訳あって、他の会社に出向している最中なのよ。これはそこの事務服なの」

コーイチは感心したように「へー」と言い、

「でも、似合ってるっすよ。新鮮っす」と付け足した。

「今日は、仙龍は来てないの？」

「社長は出張中なんす。ここは小林先生に頼まれて、様子を見に来ただけっすから」

そうか、仙龍はいないのか。

「朝、電話をくれたわよね？　夢がなんとかとか言って」

仕方なく適当な話題を引っ張って来ると、コーイチは被っていたタオルで体についた茅を叩き落としながら、やや真面目な顔で春菜を見た。

「そうなんす。で、途中で電話が切れちゃって、余計に心配してたんすけど」

「出向先が山なのよ。電波の状態がすごく悪くて。高い山の陰だからかな。薄暗くてヤな感じのところなの」

「どこっすか？」

「風切トンネルの現場事務所。嘉見帰来山って知ってる？」

「カミキライ？　なんか不遜な名前のとこっすね」

「なんで不遜なのよ」

「だって、神様が嫌いって」

突然、黒い犬のビジュアルが思い出された。地名を聞き知っているからよけいに、そんなふうに考えたことはない。字面《じづら》に不穏な感じもないが、嘉見帰来は当て字であって、本当の語源は神を厭《いと》う、神嫌いから来たのだろうか。

「そこで春菜さんは何やってんすか」

「なにって……」

——イヌガミが憑くからよ——イヌガミよ——

食堂のおばちゃんと笠嶋の声が、交互に頭の中を巡った。

「コーイチ。イヌガミって知ってる?」

「う、え」

思いがけずコーイチが怯えた声を出したので、春菜のほうがゾッとした。

「変な声出さないでよ。知っているの? イヌガミのこと」

「つか、春菜さんこそ、なんでそんなこと訊くんすか」

春風に花が香った。

資料館の周囲は田園地帯で、ありとあらゆる花々が一斉に咲き競っているからだ。空気は甘く暖かく、鳥の声さえ爽《さわ》やかなのに、コーイチの見開いた目が怖い。

「なんでって……私、それを小林教授に教えてもらおうと思って来たのよ。今日、立て続けに二人の人が、イヌガミって言うのを聞いたから」

「どこでです？」

「トンネル工事の現場事務所で」

春菜は橋高組の現場事務所へ出向させられた理由を話した。

コーイチは話を聞き終わるや、握っていたタオルを振りさばき、頭にキュッと巻いて地面にしゃがんだ。春菜もつられて腰を下ろすと、コーイチはタオル越しに頭を掻きながら、「やー」と、『や』の音を長く伸ばした。

「……このことだったんすかねぇ。社長が心配してたのは」

「そういえば、電話で言ってたアレはなんなの？」

「それなんすけど、昨夜、残業してたら珠青さんから社長に電話があって」

珠青は仙龍の姉である。和服が似合い、凛《りん》として、気品があって、女の春菜が見ても惚《ほ》れ惚《ぼ》れするような、超弩級《ちょうどきゅう》の美人なのだ。

「不吉な夢を見たけれど、あのかわいい人は大丈夫かって訊かれたそうで」

「あのかわいい人って」

「もちろん春菜さんのことっすよ。そんでちょっと心配になって、社長の代わりに俺が電話したってわけなんす」

なんで仙龍が自分で電話してこないのよ。

春菜は恨めしく思ったが、コーイチは粛々《しゅくしゅく》と説明を続けた。

「あれなんす、珠青さんもサニワを持っているんすよ。社長のお父さんの昇龍《しょうりゅう》さんが隠温羅流の導師だったとき、珠青さんは三歳くらいでサニワをやったって話っす。結婚してからはあんまり現場へ来ないんすけど、前に社長が座敷牢《ざしきろう》に挑んだときなんか、やっぱり不吉な夢を見て、心配になって、昇龍さんのお墓へ三度もお参りしてくれたって。で、その珠青さんがっすね」

空から死が降ってくる夢を見たのだという。

「死が降るってなに、どういうこと」

想像できずに春菜が訊くと、

「黒くて細いものが、雨みたいに降って来る夢だったそうっす。それは死で、凶夢だって、それで社長に『あのかわいい人は大丈夫なの？』って訊いてきたっていうんすよ」

「え、私の上に降ってきてたの？」

コーイチは首を傾げて、

「そこまではわかんないすけど」と、頭を掻いた。

「じゃあ、どうして私と結びつけるのよ」

「だからそこがサニワじゃないすか。それで社長が」

「コーイチに電話をさせたの？　自分でしないで」

なぜなのか、だんだん腹が立ってきた。

「や。そういうんじゃないんすよ。社長が心配そうな顔してたから、俺も心配になってってすね、勝手に電話したんすけど」

春菜は大きく息を吸い込んだ。珠青の見た夢がなんなのか、本当に凶夢なのか、どんな意味を持つのかということに興味は湧かず、なぜ仙龍が自分で電話してこないのかということばかりが気になった。

「仙龍め」

「なんすか？」

「何でもない」

私なんかどうでもよくて、仕事ばっかり気にしているのよ。ホントに腹が立つったら。

「そしたら電話が切れちゃって、余計心配になってきて、すね、その旨社長に伝えたら、さすがに社長も心配して、アーキテクツさんに電話したみたいっすけど」

「仙龍が会社に？」

コーイチは頷いた。いったいどんなふうに訊いたのか。高沢春菜さんの身に不吉なことが起きていませんか……って、そんな馬鹿なことを電話で訊くはずがない。自分のほうがよっぽど馬鹿だと春菜は思った。

「井之上さんと話したみたいで、俺はこっち来て、社長はすぐに出張で、そしたら春菜さんがここにいて、犬神のことなんか口にするんだもんなあ」

コーイチは顔を上げ、あたりを見渡してから声を潜めた。

「もしかして春菜さん。どっか痛いとか、痒《かゆ》いとか、腫れているとかないっすか」

「ぜんぜん」

なぜそんなことを訊くのだろう。コーイチは眉間に縦皺を刻んだままで、またガリガリと頭を掻いた。

「あのっすね。トンネル……てゆーか、穴掘る現場の祭神って、犬神なんすよ」

「祭神が犬神。なによそれ」

コーイチは意味ありげに頷いた。

「犬神は祟《たた》る神っす。容易に懐柔できなくて、人に憑いたり、災《わざわ》いを招いたりするんすよ」

「なんでそんなのを神様にして崇《あが》めるのよ」

「やー……そこまではわからないっす」

でも、とコーイチは真面目な顔で、

「怖いモノなのは間違いないんすよ。春菜さんが犬神に関わっているのなら、珠青さんの凶夢とも関わりがあるような、ないような」

と、両腕を組んで首を傾げた。

「どっちなのよ」

「どっちなんでしょ」

「もう」

春菜はため息をついて立ち上がった。

「結局は小林教授に訊くしかないわけね。だいたいが、犬神っていうからには神様なんでしょ。神様が憑いたり祟ったりしていいの？」

コーイチもズボンの尻を払いながら立ち上がり、

「でも、祟り神とか邪神とか、世の中にはいろいろあるっすよ？」と、眉根を寄せた。

「人間が神様って呼んでるだけで、正体はいろいろなんじゃないっすかね」

たしかにそれも一理ある。事実、春菜も祟り神には何度か遭遇してきたのだった。

「それでなのかな……現場に食堂があるんだけど、ごはんに味噌汁かけちゃいけないの。そんな注意事項っておかしいでしょう？　味噌汁にごはんを入れるのはいいんですって」

「あー。それはなんか、わかるっす。犬神が憑くからでしょ」

食堂のおばちゃんと同じことをコーイチが言うので驚いた。

「どうして味噌汁かけると犬神が憑くのよ」

「昔は、犬にごはんやるのに残飯に味噌汁ぶっかけて食べさせていたからっすよ。人間が同じようにしてごはんを食べれば、自分を卑《いや》しめ、犬と同等ってことになって、犬神が憑く。そういう道理だと思うんすけど」

なるほどなるほど、それなら筋が通っている。

「さすがはコーイチ、多分それだわ、そういうことだったのね」

春菜はしきりに感心したが、コーイチはなぜ感心する、という顔だ。犬神を祭神とする場所で、人間が犬に寄らないよう注意するのは当然だと思っているようだった。

「じゃ、おかずが妙に豪華なのも意味があるのかしら。それとも単に体力勝負の重労働だからかな」

「そこまではわからないっすけど、あまり豪華だと胃もたれしちゃって、仕事の効率が落ちるんじゃゃ……それとも掘削工事は違うのかな。や、そこは俺にはわからないっす……うーん……なぜかな……」

コーイチは両腕を組み、眉間に縦皺を刻んで首を傾げた。この若者は、いつもどんなときでも一生懸命だ。そういうところを仙龍が可愛《かわい》がっているのだろう。

「ねえ。じゃ、やっぱり教授に訊かない？　コーイチも事務所へ呼ばれてるんでしょ」

「そっすね、そっすね」

たちまち満面に笑みを浮かべて、コーイチは春菜の後ろを付いてきた。

教授が書類に目を通し終わるのを待つ間に、二人は資料館入り口の自販機で飲み物を買った。職人はなぜかコーヒーや炭酸飲料よりお茶を好むが、コーイチも仙龍もそうだった。緑茶、番茶、ほうじ茶、麦茶、そうでなければ水を飲む。同じ金額を払うなら味のある飲み物のほうがお得な気がして、春菜は桃のソーダを買った。

「ねえ。あれって今もやってるの?」

腹のあたりを見下ろして訊くと、コーイチはキョトンとして首を傾げた。仙龍もコーイチも細身ではあるが、シャツ越しに透ける胸板は厚く、無駄のない体軀《たいく》をしている。

「あれってなんすか?」

「サラシよサラシ。それって、ずーっと巻いてるものなの?」

曳家見習いのコーイチは、少し前に、ただの『法被前《はっぴまえ》』から、法被前の『綱取り』に昇格した。隠温羅流では研鑽《けんさん》五年で純白の法被を賜るが、それ以前の見習いを法被前と称し、法被前から少し進むと綱取りに昇格するらしい。綱取りとは重要物件を曳くときに綱を持つ職人のことをいい、綱取りに昇格すると、隠温羅流の因が入ったサラシを賜るのだという。因とは隠温羅流の印であり、鋭い爪《つめ》を持つ三本指の中央に、梵字《ぼんじ》のようなものが描かれている。

「今日は巻いてないっすよ」

コーイチは笑いながらお腹《なか》をさすった。

「初めは綱取りになったのが嬉しすぎて、毎日巻いていたんすけどね、あれって、年に二枚しかもらえないんすよ。曳家の本番で綱取りするときは、真新しいのを締めたいじゃないっすか。だから毎日巻いちゃうと、洗濯する暇がないんすよ」

なるほどコーイチの言うとおり、薄手のシャツに腹筋が透けている。小柄で猿っぽいコーイチだが、最近はまた少し、逞《たくま》しくなってきたようにも思う。

「法被がもらえるまであと少しなのね」

「そうなんっすよね」

コーイチはだらしないほど目尻《めじり》を下げて、ニヒヒと笑った。

「あー……俺、なんつー名前になると思います？」

「名前って？」

「号っすよ、号」

飲み干したペットボトルを回収ボックスに入れ、細い目をまん丸くして春菜を見る。

「社長は仙龍って号じゃないすか。導師の号は導師になったときに変わるんであれなんすけど、俺たちも、曳き屋師になったとき最初の号を賜るんすよ。法被と一緒に」

「じゃ、ナントカ龍って名前になるの？　コーイチも」

「や、龍を名乗れるのは導師だけっす。で、龍の手前が鯉《こい》なんす。今、うちで鯉が付くのは青鯉《あおこい》さんだけだから、社長の次の導師は青鯉さんがなるってことすね」

もしも仙龍の身に何かが起きたときには、だ。

コーイチがそう言ったわけではなかったが、春菜にはなぜかそう聞こえた。たぶん仙龍は独身で、まだ子供がいないのだ。それとも、守屋家の嫡男が導師になるまで、隠温羅流の誰かが導師を継ぐ決まりだろうか。彼らのことを、春菜はまだよく知らない。

「鯉は滝を昇って龍になるって、そういう伝説があるからっすよ。青鯉さんは渋《しぶ》い感じで……そういえば、春菜さん会ってませんでしたっけ？　あとね、あと、ほかは大抵、道具とか、担当部署とか、曳家の技が号になるんすよ」

以前隠温羅流の職人たちに会ったとき、棟梁が彼らを聞き慣れない名前で呼んでいた。青鯉という名もそのとき聞いたように思う。他はなんと呼ばれていたろう。記憶にない。

「それって自分で決められないの？」

「ややや、や、そんな滅相な、自分で決めるなんて畏《おそ》れ多いっす」

コーイチは両手をブンブン振った。

「号は神聖なんっすよ。研鑽期間に親方たちが弟子を見て、一番合った名前を考えてくれるんす。ご褒美《ほうび》っつぅか、なんつーか、とにかくそういう、たいっせつな、ものなんす」

「へぇー」

春菜の知らない、想像もできない世界に、コーイチたちは生きているのだと思った。そしてもちろん仙龍も、そういう世界の人なのだ。

「カッコイイ号がもらえるといいわね。コーイチにピッタリな」

春菜は心からそう言った。

大型バスが駐車場へやって来て、見学者を降ろしていく。ぐるりに植えられた桜は満開。遠く山々は朧《おぼろ》に色づき、霞《かすみ》のかかった空がその上に広がる。桃のソーダを飲み干してから、「行きましょうか」と、春菜は言った。

受付カウンターの職員に来意を告げて、見学者とは別のルートをバックヤードへ向かい、『Staff only』のドアを開けると、薄暗くて狭い廊下に図書室や資料室が並んでいる。どん詰まりが事務室なのだが、春菜は事務室まで行かずに図書室のドアをノックした。

営業を担当して長いから、小林教授が事務室にいないことはわかっている。事務室にある教授のデスクは資料と書類が雪崩《なだれ》を起こす寸前で、ノートパソコンを置くスペースがない。だから職員専用の図書室を、すっかり私物化しているのだった。

「失礼します」

声を掛けてドアを開けると、案の定、小林教授は六人掛けテーブル二つを占領していた。他に職員の姿はなく、腰の手拭いを鉢巻きにして、パソコンのキーを叩いている。

「小林教授。私たち、終わるまでここで待ってますから」

春菜が手近な椅子に腰を下ろすと、コーイチも隣に座った。

鬼気迫る形相の教授は振り向きもしない。コーイチと目だけで会話して待つことしばし、小林教授はようやく送信ボタンを押した。

「お疲れ様っす……書類の確認、終わったんすか?」

恐る恐るという感じでコーイチが訊くと、

「終わりましたねえ」

と、教授は言って、自分の肩を揉《も》みはじめた。やっぱり春菜たちに気付いていたのだ。

「どだい学者に納期やスケジュールを押しつけられましてもねえ……それができないから学者になったのに、今もこうして納期に追われる毎日です。世の中というものは、矛盾また矛盾の繰り返しなんですねえ……まあ、些少《さしょう》といえどもお給金をいただいているわけでして、これも立派なお仕事なんですけれどもねえ」

教授よりもずっと時間に追われていると自負する春菜には、言いたいことが山ほどあるが、同じ理由で要らぬ会話をしている暇もない。春菜はチラリと時計を見上げ、単刀直入に切り出した。

「教授。犬神について教えてください。今日はそれを知りたくて来たんです」

とたんに教授の瞳が光る。水を得た魚のような変貌《へんぼう》ぶりだ。

「犬神ですか。それはそれは」

教授は両手を揉みしだきながら立ち上がり、春菜とコーイチの前にやって来た。

「嬉しいですねえ。よもや春菜ちゃんにそういう話を訊ねられるとは思いませんでした。犬神、猫神、トウビョウ。狸に蛇神、ゲトウ、シャグマ、オクナイサマ、憑き物の話は興味が尽きませんから」

嬉々《きき》として書物の棚の前へゆき、古い書籍を引き出し始める。

「犬神は神様じゃなくて憑き物なんですか？　狐《きつね》憑きみたいな？」

つい最近、春菜は狐憑きと呼ばれた人たちの悲しい事件に関わっていた。狐に憑かれた人々は、突然の奇行や突拍子もない言動を特徴とした。教授独自の見解によれば、地下水に混じった鉱物の影響が考えられるということだったが。

「狐憑きとは違います。文献によりますと、犬神の起こりは四国ということになっていて、四国には狐が生息していないので、犬だったという説もあるようですが」

「狐の代わりに犬が憑くってことなんすかね」

「いやいや、そう単純な話とも言い切れません。犬神はむしろ……」

教授は本を開くと、嬉しそうにメガネを直した。

「これは『土州淵岳志《どしゅうえんがくし》』を写した書籍ですが、巻六に以下のような記述があります」

——讃州《さんしゅう》東ムギといふ所に何某《なにがし》あり、讐を報ずべき仔細《しさい》あれども時至らず、日夜これを嘆く。或《ある》時、手飼の犬を生ながら地に掘埋め首許り出し、平生好む所の肉食を調へて、犬に言って曰く、やよ汝《なんじ》が魂を吾《われ》に与へよ、今この肉を食はすべしとて、件《くだん》の肉を喰はせ刀を抜いて犬の首を討落し、それより犬の魂を彼が胸中に入れ、彼れ仇《あだ》を為《な》したる人を咬《か》み殺し、年来の素懐を遂げぬ。それより彼が家に伝りて犬神と云《い》ふものになり、婚を為せば其家に伝り、さて土佐国《とさ》へは境目の者、かの国より婚姻しけるにより、入り来たると云ふ――

「犬神は、讃州つまり讃岐《さぬき》で起こり、土佐に伝わったと書かれています。もっとも、それも流行神《はやりがみ》が跋扈《ばっこ》していた時代のことで、起こりと伝来に関しては諸説あるのが普通であって、そのこと自体が重要なわけではありません。犬神が狐憑きと違うのは、人が邪《よこしま》な目的を持って発現させたという箇所ですねえ。敵討ちのために飼い犬を殺して魂を手に入れ、憎む相手を咬み殺したのです。呪詛《じゅそ》によって発現させられた憑き物と言っていいでしょう」

「ははあ。ってことは、犬神ってのは祟り神の一種なんすね?」

小林教授はニコニコしながら、別の本も引き出した。

「犬神の起こりに関しても諸説あり、『土州淵岳志』はそのひとつに過ぎません。復讐《ふくしゅう》のためでなく、式神として使役するため犬を飢えさせて首を刎《は》ねたというような、惨《むご》い呪法《じゅほう》を伝える一派もあったといいます」

「聞いたことがあるっすよ。陰陽師《おんみょうじ》とかが使った方法なんすよね」

「そんなの動物虐待じゃない。犬にしたらたまったものじゃないわ」

春菜は本気で憤慨《ふんがい》したが、人の命さえ軽んじられた時代のことだ。囚われた犬に逃れる術はなかっただろう。そしてそんな時代には、逆に、犬が人間を喰《く》らうこともあったと聞く。

「ただし、ですねえ」と、教授は続ける。

「この犬を、言葉通りに犬と解釈していいかというとそうではなくて、わけのわからないものを犬と呼んだ可能性も捨てきれないんですよ。ここからは私の持論なのですが、これとよく似た呪術《じゅじゅつ》が古代中国にありまして、唐の時代にはすでに日本へも入ってきていたようです」

「今度は呪術。よくわからないけど、祟り神と憑き物と呪術はどう違うんですか」

春菜は答えを求めてコーイチを見たが、コーイチも首を竦めただけだった。

「春菜ちゃんは、蠱毒《こどく》という言葉を聞いたことがありますか」

春菜は首を左右に振った。

教授は楽しくてたまらないという顔をしている。人の裏側に潜む感情と、それが形を成した風習や仕来《しきた》りは、学者の興味を刺激して止《や》まないらしい。

「巫蠱《ふこ》、蠱道《こどう》、蠱術《こじゅつ》など、呼び方は様々ですが、これらはどれも動物を用いた呪術です。のちに様々に変化《へんげ》して、犬、猫、イタチ、蛇、人間を用いたという記録なんぞも残っているようですが、煩雑になるのでそちらはひとまず置いておいて、虫を使ったモノで説明します。蠱毒に用いられるのは毒虫で、蛞蝓《なめくじ》、ムカデ、蠍《さそり》、蜘蛛《くも》、蛇、蟹《かに》などなど、獰《どう》猛《もう》であればあるほどよいとされたのも面白いですねえ」

「面白いですか？　それ」

春菜は眉をひそめたが、スイッチが入ってしまった教授は止まらない。本を抱えてウロウロ歩き、講義するように人差し指を振り上げた。

「蠱《こ》といいますのはね、毒虫から作る強力な毒、またはその虫のことです。簡単に言いますと、容《い》れ物《もの》に夥《おびただ》しい数の毒虫を入れ、食い合いをさせたのち、生き残った一匹を蠱とします。蛇が残れば蛇蠱《じゃこ》と呼び、虱《しらみ》が残れば虱蠱《しっこ》と呼ぶ。蠱は多種多様で変幻自在。使役の仕方も様々です。よって、術者が術を解かない限り、呪われた者が蠱毒から逃れることは不可能だったといわれています」

毒虫が蠢《うごめ》く容れ物の中を想像して、春菜は顔をしかめたが、考えてみれば毒虫よりも、呪術のために毒虫を集める人間のほうがずっとおぞましい。誰かを呪うためにせっせと毒虫を集めるなんて、その浅ましさと執念には嫌悪感しか感じない。

「実際はそれをどう使ったんですか。最後の一匹を粉末にして飲ませた？　でも、食い合いするのを待つなんて、効率的とは思えないわ」

「そっすよね。別に食い合いなんかさせなくても、毒虫が手に入るなら、そのまま毒として使えばいいじゃないっすか」

コーイチも首を傾げている。

「それではただの殺人です。呪術とは言えませんねえ。それに、あからさまな殺人は、見破られやすいじゃないですか」

小林教授はにっこり笑った。

「こうして出現させた蠱を、術者は様々に使ったのですよ。たとえばですが、呪う相手の体に憑けると、蠱は内臓を食い荒らして死に至らしめ、やがて術者の許へ帰って来たといわれています。蠱そのものは悪質ですから、我が身に憑けば術者も危ういわけですが、女性の体に寄らせれば蠱を引き継ぐこともできたそうです。犬神も、簞笥《たんす》や床下に飼っておけるそうで、その点も似ていますねえ。いずれにしても、ひとたび家系に蠱を入れてしまえば、親が死んだらその子へと、蠱は代々引き継がれていきました。蠱に憑かれた者はまた、呪う相手の許へそれを飛ばすことができました。出現のさせ方によって様々に変化したといわれていまして、四辻《よつじ》に埋めるなどした蠱は学習能力を持っていたので、掃除を教えれば掃除をし、金儲《かねもう》けを教えれば術者に富をもたらしたといいます」

「なんつか、ちょっと便利っすね」

コーイチが感心して言った。

「一見便利なように見えますが、そう単純な関係ではなかったのですねえ。蠱毒は穢《けが》れた呪法ですから、術者は蠱がもたらす利益に対して代償を支払わねばならず、怠《おこた》れば自分が蠱に食い尽くされてしまいました」

「そりゃ怖えーっすね……人を呪わば穴二つってヤツっすか」

「そういうことになりますか。蠱毒はそれを使う者にとっても油断のならない、恐ろしい呪術だったのです」

「どんな代償を支払ったんですか」

「蠱は、したことの数倍のお返しを求めます。術者はそれを清算するため、年に一度は人間を生け贄《いえ》として食べさせました。虱蠱ならば体中の瘤《こぶ》に虱を生じ、蛇蠱ならば全身を蛇に咬まれた体で死ぬ。これについては犬神も、憑かれた者は犬に咬まれた痛みを味わうといいますから似ています。このように、蠱に憑かれたり、生け贄にされた者の死に様は凄《せい》惨《さん》を極め、程なく万人が恐れるところとなりました」

春菜とコーイチは顔を見合わせた。小林教授は止まらない。

「さらに、ですね。蠱は繁殖して住処《すみか》が狭くなると、新しい宿主を提供するよう術者に迫ったそうですよ。恐れ嫌って離そうとしても離れることはなく、困り果てた術者は包みに蠱を隠し入れて道に撒き、事情を知らぬ第三者に拾わせたりもしたそうです。蠱は拾った者に取り憑いて去り、その先でさらに人を呪ったり、本人を喰ったりしたのです。蠱毒を行った者は厳しく罰すると国家禁令が出たほどに、恐ろしいモノでした」

「たしかに質《たち》が悪いっすねえ」

コーイチがしみじみ言った。

「蠱と犬神は、ほとんど同じと考えていいのかしら」

「さあ、そこです」

教授は手にした本を開いて置いた。

「西暦七〇〇年頃には、蠱毒は日本に伝わっていたと考えられます。細部に関しては違うところもありますが、私個人としては、犬神のルーツは蠱毒であろうと思います。虫ではなく、動物を使った蠱毒ですね」

教授が開いたページには、棒状の体に細い手足と首のある奇妙な絵が描かれていた。

「なんですか、この、尺取り虫みたいなのは」

春菜が訊くと教授は答えた。

「クダギツネです。日本版の蠱とでもいいましょうか。クダ、オサキなど、日本の術者が蠱のように飛ばすものを式神などと呼んだりもしますが、いずれも、悪意を持って飛ばされた人には迷惑至極な話です。実際にこういう姿形であったかどうかは別にして、呪う相手にこうしたものを憑けて災いを招いたという点で、蠱毒と類似するものです」

不気味な絵を見下ろしながら、春菜は不満そうに首を傾げた。

「私は犬好きだから納得できないところもあるけれど、昔の犬は今の犬より凶暴だったたってことかしら」

「アレじゃないすか。当時は日本狼が生息していたんすから、犬って狼のことだったんじや？」

「日本狼はたしかに、大口真神《おおぐちまかみ》と呼ばれて信仰の対象になっていますね。鹿や猪から作物を守るので神格化され、御眷属《ごけんぞく》などと呼ばれて神様の使いとされました。狼を祀《まつ》る神社は秩父《ちちぶ》地方などに多いですが、犬神とはまた別です。日本狼の頭骨を、桐《きり》の箱などに納めて保存している家もありますが、これは確かに狼の頭骨であり、犬神のご神体とは別なのですよ」

教授は最初の書籍をクダギツネの横に広げた。細かな文字がびっしり並ぶ本である。

「犬神の出現について調べていきますと、犬神の『犬』は、野生の犬に見られる浅ましさや凶暴さを、観念的な意味で捉《とら》えた言葉だったのではないかという説を拾えます」

「え。余計にわからなくなってきた。犬神は、犬を使った蠱毒ではないってことですか。でも、さっきは、犬を埋めて首を刎ねたって」

「それは幾つかある文献の、ひとつで見つかった記述に過ぎません。まあ、実際にはそういう方法もあったのでしょうが」

春菜は黒犬のことを思い出していた。あれはただの犬だったと思う。尺取り虫みたいな姿じゃなかったし、狼でもなかったはずだ。

「たとえば、ですねえ。私が敬愛する柳田国男《やなぎたくにお》先生は、こう書き記しているのですよ」

――犬神は「土佐海続編《とさのうみ》」に詳しく、其形《そのなり》は山中に栖《す》むクシヒキネズミに似て尾に節あり、毛はネズミに似たり、乾して持つ者往々にしてあり――

「どうですか？　これによりますと、私たちが思う犬とは違っているようですねえ。では、クシヒキネズミなる生き物がどんなものかというと」

小林教授は息を吸い、

「その正体は、未《いま》だにわかっていないのです」

と、吐き出した。

「犬神を持つ家は、これをミイラにして祀っているといわれます。ある研究者が調べたところ、骨格はイタチに近かったそうですが、やはり正体はわからなかったと言っていました」

「じゃあ、結局犬神はなんなんですか？」

じれたように春菜が問うと、小林教授はニヤリと笑った。

「興味はつきませんねえ。私もです。そこで」

と、人差し指を振り上げる。

「実は、私も一度だけ、犬神を見せてもらったことがあるのですよ」

「え、見たんすか？　見ていいものなんっすか？」

コーイチが身を乗り出すと、教授は渋い顔で頭を振った。

「もちろんそれは禁忌です。ですから、どこの誰に見せてもらったかは伏せておきますが、柳田国男先生が仰るように、イタチのような、ネズミのような、干物のようなものでした」

それは布で幾重にも巻かれて大口真神同様に細長い桐の箱に納められていたという。

「黒く変色した、ミイラというよりは干物に近いものでした。細長い毛が残されていましたが、イタチとも、ネズミとも違って見えました。すでに絶滅した動物なのかもしれませんねえ」

「その毛が一本手に入ったら、現代の科学を以《もっ》てすれば、正体を調べられるんじゃや？」

春菜の言葉に教授は首を振るばかりだった。

「そうしたいのは山々ですが、さすがにそれはできません。迷信や信仰には、割り切れない、割り切ってはいけない部分が存在します。それは、人間が世界の一部であることを示すラインだと思うのですねえ。謙虚《けんきょ》さと傲慢さの端境《はざかい》とでもいいますか、触れてはならない部分には、やはり触れてはいけないのです」

なんとなく、教授の言うことがわかる気がした。それは仙龍たちが最も大切にしている部分、因と縁とに敬意を払い、心を込めて接する部分なのだろう。

犬神のご神体はひとつではなく、犬神を持つ家には、こうしたご神体がそれぞれに存在していると教授は語る。

「一族の者が代々守り続けるのは蠱と同様で、それぞれの家にひとつずつ、細長い桐の箱が存在するようです。先祖が犬神を出現させた瞬間から、彼らはこの神と共謀関係を結び続けなければならないわけで、そうしなければ自分たちが祟られるところも、離したくても離れないのも蠱と同じです。ただ、もしも本当にこの神を手放したいと望むなら、ご神体を持って山に行き、一族の住処が見えない場所に埋めるとよいそうですよ。その場合でも、埋めに行った者に犬神が憑いて戻ろうとするので、その者は決して自宅へは戻らずに、自らを犬神に与えて、その山で死ななければなりません」

コーイチは「うへぇ」と言って首を竦めた。

「そんなおっかねえモノを、なんで出現させちゃったんすかねえ」

「犬神が富を引き寄せたからでしょう。こうしたモノが憑くと未来が見えるといいますし……人の愚かさといってしまえばそれまでですが、たとえ復讐のためであったとしてもですよ？　穢れた呪術に手を染めて、子々孫々の人生と引き替えにしたともいえましょう。逆にもし、強欲に囚われて犬神を出現させたというならば、それこそ厭うべき悪習で、自ら呪われた一族というべきですね。蠱や犬神は、呪う相手に憑くとその者の性格もねじ曲げるといいます。呪われた者がまた誰かを呪い、斯《か》くして悪鬼が跋扈《ばっこ》する世界が出来上がる。くわばらくわばらですねえ」

口ではそう言いながら、小林教授は嬉しげだ。

「なんつか、インフルエンザウイルスみたいなヤツっすね」

――でも、そういうことってあると思うのよ？　誰かが誰かを妬んでさ、怨みが相手に飛んでいくとか――

ここに至ってようやく春菜は、松田が言ったことの意味がわかった気がした。

「歴然とした悪意が根元にある分、ウイルスよりずっと質が悪いわ」

すでに女性二人が亡くなっているあの山では、松田が言うように蠱毒のようなものが蔓延《はびこ》って、障りを起こしているのだろうか。春菜は自分の二の腕を抱いた。

「ただ、現代に生きる私たちが、これらのことを一刀両断していいかというと、それには私は反対なのです。昔のことでもありますし、閉塞《へいそく》した地域独特の陰湿さが奥にあるのかもしれませんしねえ。共同体としての繋《つな》がりがなければ生きていくことが難しかった時代ですから、往々にしてこのような因習こそが、共同体を強く結びつけていたという側面もあるでしょうし、筋持ちなどと揶揄《やゆ》された人々のどれだけが、実際に呪術を行っていたかも定かではありません。憑《よ》り祈禱《きとう》の歴史を研究している先生によりますと、憑座《よりざ》で問口《といくち》をする者が、『誰それの家には犬神が……』などと放言をすれば、それだけで犬神憑きと見なされて、集団から阻害されるようなことも珍しくなかったそうですからねえ」

「それって単なる言いがかりじゃないっすか」

「まさしくまさしく」

小林教授は痛々しそうに頭を振った。

「正しい情報を得る手段もなかった時代です。人々は、わからないものを闇雲に恐れたのでしょう。誰それが原因不明の病《やまい》になった、誰それの家には不幸が続く、逆に、誰それの家が栄えたり、急に金回りがよくなったというような場合にも、見えない力が働いたせいだと考えて、妬み僻《ひが》みの対象にされたのですよ」

「でも、今は二十一世紀です。ネットもテレビもある現代に、まだ迷信が生きているんですか」

春菜は訊ねた。小林教授は黙っていたが、表情を見れば肯定しているのは明らかだった。教授に訊いてみるまでもなく、工事現場には現に犬神への恐れが息づいている。建築業者が迷信深いのは知っていたが、よい神だけを信心するわけではないのもまた不思議であった。よい神と悪い神、その差が何かも、よくわかっていないのだけれど。

「犬神は四国で、ここは信州。なのに犬神が祭神なんて」

「はて、犬神が祭神とは何のことですか」

今度は教授が訊く番だった。春菜の代わりにコーイチが、半歩前に出てこう言った。

「春菜さんは今、風切トンネルの現場事務所に出向中なんっすよ。そこでは女性が二人も亡くなっていて、現場責任者から原因を調べて欲しいって言われたんすって」

「易者でも霊能者でもないから無理って断ったんですけど、感じたことを教えてくれればそれでいいからって言い切られちゃって」

「で、これが出向先の制服なんすって」

「さっき、コーイチからトンネル工事の祭神は犬神だって聞いたんです。事実、ごはんに味噌汁をかけるのが禁忌だったり、亡くなった事務員さんが魔除けのお札を持っていたり、その二人は犬神に殺されて、現場で大きな事故が起きるなんて言う人もいるんです」

そういえば……

「元請けの橘高組さんだけど、もともと四国松山《まつやま》の会社だったわ」

春菜は眉間に縦皺を刻んだ。

「や。じゃ、元請けさんに憑いてきちゃったとかすかね、犬神さんが」

「そんな簡単なことじゃないと思うけど」

「トンネル工事の祭神が犬神なんて、私は初めて聞きましたけどねえ」

「あー。公にはされていないんす。でも、トンネルに限らず穴を掘る現場の祭神が犬神だってのは、その道の人ならこっそり知ってることなんっすよ」

なるほどなるほどと教授は言って、嬉しそうに両手を揉みしだく仕草をした。

「いえね、コーイチ君の説には一理あります。なぜなら、クシヒキネズミという生き物は、ネズミやモグラのような生態を持っていたと考えられるからなんですよ。穴を掘って穴に棲む生き物を穴掘りの祭神にしたというのは、しごく納得できますねえ。呪《まじな》いなどというものは、駄洒落《だじゃれ》に起因していることも多いのですから」

「でも、ここは信州ですよ」

「そのあたりの話は、私よりも仙龍さんのほうが詳しいと思いますがねえ。曳家のルーツが穴太衆《あのうしゅう》と呼ばれる土工集団であったように、掘削のルーツを調べていけば、それは四国に始まって、技術とともに全国へ伝わったとも考えられるじゃないですか。掘削のルーツは陵《みささぎ》でしょうか。天子のための巨大墳墓がもとならば、邪馬台国《やまたいこく》があったとされる畿内《きない》、九州、四国もたしかに近いです……いやあ、面白いですねえ。これだから民俗学者はやめられません」

小林教授は「うふふ」と笑い、

「さらに風切トンネルですか。はいはい」

と、手のひらを擦り合わせた。鉢巻きにしていた手拭いを、スルリと解いてお尻に着ける。

「はてさて風切……風切は……どこいらへんの地名かご存じですか?」

「嘉見帰来山のあたりです。その山にトンネルを掘って、反対側の国道へ通すんですけど」

「そうですそうです。嘉見帰来山、そうですねえ」

教授は嬉しげにニコニコしている。

「嘉見帰来……嘉見帰来がこれまたね。ちょっと待ってくださいよ……」

スキップするような足取りで書棚へ行くと、人差し指で背表紙をなぞりながら、「えー」と呟き、それから「あ」と声を上げ、褪せた古本を引き出した。

「そうそう。これです、これですよ。本当に興味深いですねえ。最近は、障りのほうから春菜ちゃんを選んで寄ってくるようになってきたのじゃありませんか」

春菜は厭な顔をしたが、小林教授はお構いなしだ。嬉々として本を開いている。

「こういう話はゾクゾクしますね。もっとも、私がたまたま民俗学に造詣《ぞうけい》が深くて、郷土のあれこれを研究していたことが幸いしたともいえますが。初めて春菜ちゃんに会った頃は、よもや一緒に民俗学をやることになろうとは、思いもしませんでしたがねえ」

「私は民俗学をやってるわけじゃありません。ポケットパークの仕事が欲しいだけです」

「ご謙遜を」

と、教授は笑うが、何が謙遜かと春菜は思う。教授のように祟りや呪いが好きなわけではないし、むしろオカルトは苦手なほうだ。

教授はといえば上機嫌で、あれよあれよという間に目的のページを探し当てた。

「風切は近代に変えられた地名のひとつです。これは学者以外にあまり知られていないことですが、嘉見帰来山の近くには、かつて狗場杜《こばもり》と呼ばれる集落があって、独自の文化と信仰を持っていたのです。風切という地名は、狗場杜、嘉見帰来、狗墓《いぬばか》という、三つの地域を統合して付けられたのですよ。面白いことに、四国にも似たような地名がありましてねえ」

「杜と、神キライと、犬の墓っすか」

小林教授は頷いた。

「杜の語源は神の降臨する場所だとか、神社の敷地のようにもいわれます。さて、狗墓はもともと、今の嘉見帰来山を呼んだ地名だそうで、数十年前の春彼岸、未明のこと。大風が吹き荒れたせいで山火事が起こり、一帯を焼き尽くして狗場杜の村は廃村となりました。そうですねえ、すでに五十年以上も昔のことになりますか。私がもっと早くに生まれておれば、研究したかった村ですが、残念なことです」

「大火事が原因で廃村になったんですか？」

「元々過疎だったようですが、一帯が焼け落ちたことで住民のほとんどが村を出てしまったからですねえ。山火事の原因は、強風による乾燥した木の摩擦だったそうですが、狗場杜には水道が来ていませんで、それも大惨事になった要因でした」

教授が開いたファイルには、当時の新聞記事が貼られていた。地方紙の社会面の切り抜きで、【伝説の村・狗場杜、山火事で消滅　消防設備整っておらず】と見出しがあった。

「伝説の村って？」

「狗場杜は集落全体でも十数軒しかない小さな村で、もともとが嘉見帰来山を護《まも》る神人《じにん》の村であったのです」

「なんですか？　ジニンって」

「神の人と書いてジニンと読みますが、同じ文字を書いて、シンジン、カミビトなどと読む場合は神官のことです。ジニンは雑務などをこなす下級神職を指すようで、狗場杜には山そのものを崇める独自の信仰があって、彼らはその信仰を護っていたといわれます」

「じゃ、あそこはもともと、神がかりの村だったんですね」

陽の当たらない暗い村。山懐《やまふところ》に抱かれた古い校舎を思い出して、春菜は訊ねた。現在トンネルを掘っている嘉見帰来山はその向かいにあり、なるほど廃村を見下ろすように聳《そび》えている。

「そういうことになりますか。狗場杜には憑《より》の風習がありまして、嘉見帰来山に関する神事一切を行っていたようですが、残念ながらその内容を外部に漏らす者はありませんでした。そういう背景もあってのことか、村を焼き尽くす山火事については、前年の暮れにすでに予言されていたそうですよ。未明の大火にも拘《かか》わらず、死者を出したのが三軒のみであったのも、集落の者たちが火事を予見していたからだそうで……あ、あ、やっぱりですねえ」

教授がそう言ったので、春菜とコーイチは立ち上がって、教授の手元にある大判の本を覗きに行った。が、みっしりと文字が並んでいるだけで、何がやっぱりなのかはわからなかった。

「何がやっぱりなんですか？」

「この本は憑り祈禱に造詣が深かった私の恩師が自費出版した研究書です。この先生は特に狗場杜に深い興味をお持ちでしてね。足繁《あししげ》く現地へ通ってみたものの、集落の人が余所者に多くを語ることはありませんでした。先生の著書によりますと、狗場杜や狗墓は、あながち四国と無関係ではなかったと思えるのですよね」

教授は本をテーブルに載せ、椅子を引き寄せて目を走らせた。メガネが邪魔になるようで、鼻の頭までメガネをずらし、目を眇《すが》めて文字を読んでいる。その後ろで、春菜とコーイチは顔を見合わせた。

「噂に漏れ聞く狗場杜の習慣に、旧正月には、ウサギ、キジ、ハト、トカゲ、ヘビを生《い》き餌《え》として裏山の神に供えたというのがあります。齢《よわい》十四になる一族の子供が裏山でそれを屠《ほふ》るのが習わしで、これによって子供もまた神人となると信じられていたようで、犬神筋の人々に伝わる風習と似ているそうです。犬神は予言の力を授けますから、狗場杜の人たちが山火事を予見していたこととも合致しますしねえ。犬神を蠱と考えるなら、繁殖した蠱、つまり犬神を持て余した一族がそれを大量に他所《たしょ》へ移して、四国から遠く離れた信州の山奥で秘密裏に祀っていたとも考えられます」

「地名は犬神の故郷に似せたものだと？」

「先生はそう考えていたようです。いずれにしても、憑き物を持っているなど公にできないことでしたから、狗場杜の人たちは先生の研究を煙たがったことでしょう。先生はある日、首筋に腫れ物ができて膿《うみ》を持ち、高熱が出たので、これは犬神を憑けられたに違いないと悟って狗場杜まで出掛けてゆき、村長《むらおさ》に犬神を返した顚末《てんまつ》を書いています」

「うへえ」

コーイチは首を竦めた。

「返すことなんてできるんっすか？」

「蠱毒も同様ですが、祖先の悪縁で憑き物を持つようになった者の多くは、その身の上を苦々しく思っているものです。それゆえ古代中国では、蠱を憑けられた者は往来に出て、蠱毒を行ったと思《おぼ》しき相手の名前を声高に叫んで回ったといいます。そうすると、術者は恥ずかしさに居たたまれなくなって蠱を迎えに来るのです」

「犬神も同様だっていうんすね」

「犬神筋に頼んで、食べ物などを持って迎えに来てもらうと、憑いた犬神は一族の元へ帰ったといいます」

「食べ物っすか。妙に生々しいところが厭っすねえ」

コーイチは目を細めて頭を掻いた。

「さて。ここでひとつ不思議なことがありまして」

小林教授は顔を上げた。広げた書籍を両手で押さえ、春菜とコーイチの顔を交互に見る。

「狗場杜の火災では、村長の屋敷《やしき》、さらに使用人の家二軒で死者が出ています。村長の屋敷では不幸にも彼岸で墓参りに帰省していた一族が全員死亡。使用人の家二軒でも、大学へ進学していた子供を除いて家族全員が死亡しています。火は村長の屋敷の裏山から出ましたが、神社と学校は焼かずに鎮火したそうで、予言を得ていた者たちは、火を見て神社や学校に逃れて助かったという話です」

「あれ？　じゃ、なんで三軒の人たちはそこへ逃げなかったんすかね？　予言を知っていたんっすよね」

「そこですよ。そこにミステリーがありました。以下は裏付け調査を経た事実ではなく、ただの噂話なのですが、彼らは焼け死んだのではなくて、火が出たときにはすでに死んでいたのではないかという話があります」

「え」

春菜は教授の横に腰掛けて、新聞記事を読ませてもらった。残念ながら書かれていたのは火事で犠牲になった者らの年齢と氏名だけであり、不審死を臭わせる記述はなかった。

だが、学者が記した考察部分には、現場へ入った消防団員の証言として以下のようなことが書かれてあった。

——死体は仏間で折り重なるようにして見つかりました。一見して不思議に思ったのは、亡くなった方たちが白い寝間着を着ていたことです——

狗場杜あたりでは独自の宗教概念の故に白い寝間着を着用するのが一般的だったのではないかと訊ねた著者に対して、消防団員はこう答えたとある。

——いや、正直に言って、あのあたりのことはよくわかりません。あの集落は消防団にも入っていませんでしたし。あまり付き合いもなかったもので——

そこで著者は質問の仕方を変えたという。なぜすでに死んでいたと思ったのかと訊いたのだ。

——煙を吸って死んだような感じはしなかったというのが正直なところです。寝間着が裂けていましたし。あと、咬まれた痕がありました。黒焦《くろこ》げのご遺体はわからなかったんですけれど、子供にお母さんが覆い被さっていて、下のご遺体が焼け残っていたんです。たしかに咬まれた痕がありました——

消防団員は付け加えるようにこうも言っている。

——狗場杜に関しては色々噂があったんで、実際にあれを見たら山火事云々《うんぬん》ということではなく、怖かったですよ。あと、村の人たちがなんか変でした。誰も取り乱したりしないんで、山火事を予言で知ったのとおんなじで、村長一家が死ぬこともわかっていたんじゃないのかなって。いや、実際はどうかわかりませんよ。だから、この話は匿名ということでお願いします。狗場杜に関わって、なんか憑けられるのも厭だから――

「なんですか、これは……」

春菜が驚いて顔を上げると、コーイチも横から書籍を読んだ。そして、「あー……」と低く呻《うめ》いた。

「先生は、この本の印刷が上がる前に亡くなりまして。急性心不全だったそうですが、お葬式が済んでから、奥様がこれを私に送ってくださったのですよ。そのときに聞いた話では、お葬式でお経を上げたお坊さんが、奇妙なことを言ったそうで」

「なんですか？　奇妙なことって」

「通夜の晩、枕経《まくらぎょう》を上げに来て先生を見たとき、仏さんの体に無数の咬み痕があるのを感じたというのです。いえ、もちろん実際にそうだったわけではないのですけど、そういう感じがしたという。それで、この仏さんには動物の障りがあったのではないかと奥様に訊ねたので、奥様が、先生は民俗学を研究していたと告げましたら、ではと言って動物のお経を読んでいってくださったそうです」

「もうー、小林先生、意地悪っすね。俺たちを怖がらせようとしてんすか？」

コーイチが訊くと小林教授は本を閉じ、意味深に目を細めながら春菜を見た。

「なんですか？」

「いえ。実に面白いなあと思いましてねえ。私が亡くなった先生と近い歳になった今、こうして春菜ちゃんが狗場杜へ呼ばれて、先生の文献が役立つという。これは因でしょうか、縁でしょうかねえ。いずれにしても、世界はつながっているということですね」

春菜は深いため息をついた。

「つまり……私はどうすればいいんですか？　工事関係者は、もちろん祭神が犬神だと知っているわけだし、それで工事をしてきたわけで、なのにどうして今回だけ、二人も不幸があったんでしょう」

「祭神に祟られるなんてことがあるんすかねえ」

コーイチも首を傾げた。

「そうですねえ。祭神として崇めたから、災いを招くというのもおかしな話です。となれば、何かが祭神の怒りに障っているのか……」

「場所なんじゃないっすか？　小林先生が言うように、現場がもともと犬神信仰の場所だったから、そこにトンネルを掘ろうとしたことで犬神の負の力が増しちゃったとか」

「それは考えられるわね。工事関係者は狗場杜という集落があったことを知らないわけで……嘉見帰来山を掘ったことがいけないのかしら」

「そっすかねえ。つか、そもそも犬神ってのは、人間と同じ思考回路を持ってんすかね」

「そんな側面もあるからこそ、犬神は余計に恐れられてしまうのですねえ。元々が妬み嫉《そね》みに起因する憑き物ですから、人間関係にトラブルを起こして、事故や災難を招きかねません し。そういえば、犬神を奉ずるには食べ物を与えるのがよいそうですよ。犬はお腹が膨れてさえいれば、獰猛にならずに寝ているだけですからね」

春菜とコーイチは、「あ」と互いを指さした。

「わかった。それだったのよ」

「現場の食事が無駄に豪華なわけっすね」

「なんですか？」

と訊ねる教授に、春菜は現場事務所で出される食事があまりに豪華である謎《なぞ》を話した。食堂は二十四時間利用可能だし、充分すぎる量と品数が用意されている。

「それもまた面白い話ですね。ま、山を掘って道を通すなんて、危険で大変なお仕事ですから、十二分の上にも十二分な配慮を以て臨むのは当然のことかもしれませんが。けれどもそう考えますと、春菜ちゃんの責任は重大ですね。そうした現場では些細《ささい》な不安も取り除いておきたいでしょうし、すでに関係者が二人も亡くなっているとすれば、責任者が藁にもすがりたい気持ちはわかります」

「私は藁ですか」

春菜は絶望的な気分でため息をついた。

「結局、どうすればいいっていうのよ」

その答えを、コーイチも教授も持ってはいない。

「迷信が今も生きているってことは、教授の話で理解しました。魔除けのお札や木札が貼ってある理由も、なんとなくわかってきました。でも、それってどうなのかなあ。気持ちの問題だけなら、いっそお札を大量に仕入れて、みんなに配るとかすればいいんじゃ」

一刻も早く現場事務所から解放されたくて、春菜はなけなしの案をひねってみた。自分でもナイスアイデアと思ったわけではないが、教授はまったく反応がないし、コーイチは首を竦めて苦笑したので、ますます絶望的な気分になった。

「ここは、もうしばらく様子を見たらいかがでしょうかねえ？」

「それか、亡くなった人たちのことを調べてみたらいいんじゃないっすか？　妙なことが起きてなかったか。それともただの偶然か。調べたら、なんか見えてくるんじゃないっすかね」

それを訊くなら松田がいいか。他人の不幸をダシにするような話し方が厭で、適当に受け流してしまったけれど。

「春菜さん。俺も協力するっすよ。狗場杜のことも、ちょっと調べて、なんかわかったらメールするっす。携帯は電波が不安定みたいだから」

コーイチの優しさが身に染みる。春菜は二人に礼を言い、信濃歴史民俗資料館を後にした。

其の四

犬神の杜

時間は押していたものの、春菜はたまむし工房へ寄り道をした。

仕事にはタイミングというものがあって、クライアントが盛り上がっているときでなければ、何事も上手く運ばない。名刺を作るにしても作らないにしても、アーキテクツの仕事に対する姿勢に疑問を抱かれてはいけない。どんなに小さな仕事であっても、その縁に救われることが必ずあるのだ。

若いアーティストが構えたばかりの工房は、国道から一本入った住宅街に慎《つつ》ましやかに存在していた。古民家と呼べるほど古くはないが、築四十年以上は経っていそうな昭和の家で、手作り感満載の佇《たたず》まいが微笑ましい。今どき流行《はや》りのリノベーション物件ではあるが、いかんせん軀体《くたい》が古いので使い勝手は悪そうだ。外壁はモルタル、窓や扉はサッシではなく木製で、ブリキの雨樋《あまどい》が付いている。

板きれに手描きで『再生ガラス器・たまむし工房』と文字があり、ワイン樽《だる》に植えたスモークツリーが玄関によい雰囲気を醸《かも》していた。

駐車場へ車を駐めたのが午後四時近く。挨拶だけして現場事務所へ戻るとすれば、午後六時にはタイムカードを押せるだろう。

「ごめんください」

昭和の家の玄関は、昔懐かしい引き戸タイプだ。はめ込まれているのは今どきのガラスで、春菜はふと、嘉見帰来山の廃校にあった歪みガラスのことを想った。あのガラスがここにはまれば、もっと雰囲気が出るだろう。

もう一度「ごめんください」と言って引き戸を開けると、内部は床板を剝いだ土間だった。ガランとした空間に粗末《そまつ》な木のテーブルがあって、そこに作品が並べられている。昭和の窓から午後の日射《ひざ》しが入り込み、気泡が入った再生ガラスを照らしていた。

若きアーティストのガラス器は、シンプルながらもコロンと丸く、どれも手のひらにすっぽり収まるフォルムをしている。春菜は工房の名前を冠する『玉虫』を平仮名にひらいた理由がわかったと思った。器はどれも少しだけいびつで、どれもどこかに丸みがあって、完成された感じがないが、むしろ制作者が未だに試行錯誤している様子が愛らしい。見ていると、「ふふ」と笑いたくなるような器ばかりだ。お饅頭《まんじゅう》のような形の一輪挿しに白詰草《しろつめくさ》の葉が二本、爽やかに挿してあるのを眺めていると、

「あ、いらっしゃい」

と、声がして、エプロンを着けた青年が奥のほうからやって来た。

「すみません。そこのはまだ試作品で……」

古臭い事務服ではデキる女の雰囲気を出すのが難しいと思いつつ、

「ああ、いえ。突然お邪魔してすみません。私、今朝ほどメールさせていただきましたアーキテクツの高沢です。轟から紹介を受けまして、名刺の件でお伺いしました」

春菜は自分の名刺を出した。

「あ。ああ、轟さんの」

相手はエプロンで手を拭い、両手で名刺を受け取った。

「高沢ハルナさん」

「ハナです。春菜と書いてハナと読みます」

「太田《おおた》です。すみません。名刺だけなんて、大した金額にもならない仕事を」

太田は恐縮して頭を下げたが、そこが問題なのだった。先ずはデザインにお金が掛かることを知ってもらわなければならないが、春菜は仕事を断りに来たわけではないから、上手に話す必要がある。たとえ百円でも支払いを受ければお客様だ。お客様には覚悟を持って接し、満足を提供しなければならない。春菜は上司の井之上から、そのように教えられてきた。

「どれもみんなコロンとかわいいデザインですね。女性作家さんが作ったのかと」

「いえ、ぼくなんです」

太田は背が高く大柄《おおがら》で、チリチリの髪に細長い顔、一見ゴツい印象だが、目を細めて笑う顔に嫌みがなくてチャーミングだ。まだまだ食べていくには程遠い収入で、轟さんにリノベーションの相談に乗ってもらったけれども、仕事が発注できずに申し訳なかったと頻《しき》りに謝る。昼はガラスと向き合って、夜は居酒屋と、明け方まで工事現場で旗振りのアルバイトをして糊口《ここう》を凌《しの》いでいるのだと笑う。傲《おご》りも飾りもない実直な話しぶりに、春菜は、轟が彼を紹介してきた理由を知った。手放しに応援したくなる青年なのだ。

「太田さんは美大卒とお聞きしましたが、ご自分ではデザインをなさらないんですか？」

春菜は遠回しに訊いてみた。

「しないんです。ずっと造形をやってきたので、ロゴデザインはすごく苦手で。あ、でも、かといって、カッチリした名刺を作りたいわけじゃなく、なんとなく……作品の雰囲気が伝わるデザインがいいかなあって、思ってはいるんですけど」

「美大時代のお友だちにデザインを頼むとかはできなそうでしょうか。正直に申し上げますと、名刺の印刷そのものは大した金額にならないんです。問題はデザイン料で」

「そうですよねえ」

太田は叱《しか》られた子供のような目をして呟き、

「でも、初めから決めていたんです。たまむし工房のロゴだけは、プロの人に任せたいなって。ロゴデザインは顔だから、プロにデザインしてもらえたら、それを一生大切にしていこうって思えるじゃないですか。誰かが、こう……ぼくのために頭をひねって考えてくれるってことだから」

話すうち、興奮で瞳をキラキラ輝かす。本当に子供のような表情だ。

「と、希望はそうなんですけれど、実際はあまりお金がなくて……ロゴをデザインしてもらうとすると、幾らぐらいかかるものでしょうか」

「ええ、まあ」

金額の腹づもりはあるものの、春菜はそれをスッパリ答えることができなかった。太田の夢や気持ちはよくわかる。そうかといって、春菜にデザインできるわけもない。

「デザイン料は、仕上がりまでの経緯や描き起こすデザインの回数によって変わります。最低でも数万円から、上はそれこそ百万超えまで様々です」

「そんなにですか！」

「いろいろなんです。ほんとうにいろいろ。決して安いものじゃありません」

「……そうですか……ですよねぇ」

太田はガックリと肩を落とした。

「あの、でも、安価に仕上げるやり方もあります。たとえば既存のフォントを組み合わせるとか、既存データに手を加えて、それなりのオリジナリティを演出するとか」

その案に、太田は納得できないようだった。あまりにしゅんとしてしまったので、春菜は心ならずも彼を虐《いじ》めているような気になった。

「あの……太田さん？　いっそのこと予算を聞かせてもらえませんか？　そのほうが、お互いにやりやすいと思います」

太田は申し訳なさそうに肩をすくめた。

「すみません。出せても三万円くらいです。印刷も全部含めて……正直に言って、そんなにかかるものだと思わなくって」

三万円か。春菜は即座にソロバンを弾いた。精一杯にいいものを提案するとして、そこから印刷代と経費と利益を差し引いていくと、デザイナーに支払えるのはせいぜい一万五千円程度ということになる。その金額でデザインを起こしてくれるデザイナーなど、いるだろうか。安かろう悪かろうではなく、安いなりに誠心誠意、頭をひねってくれるデザイナーが。

そして、ひとりの名前が頭に浮かんだ。

比嘉だ。朝賣新聞社から紹介されて、新聞広告をデザインしてもらったデザイナー。まだ駆け出しの彼ならば、相談に乗ってくれるかもしれない。春菜はテーブルを見渡して、白詰草を挿した一輪挿しに目をやった。それが太田の人となりを如実に表現していると思えたからだ。

「太田さん。正直に言いますと、かなり厳しい金額です。でも、たまむし工房さんには、なんというか、空気感みたいなものができているので、センスの合うデザイナーなら、太田さんのイメージを的確に摑んでくれるかもしれません。デザインスケッチは一発勝負。

気に入らなければデザインは引き上げ。デザインが決まった場合は微調整を三回までという条件で、受けてくれるデザイナーを探そうと思いますが、どうでしょうか」

「完全オリジナルデザインで、ですか」

「そうです。ただ、それが気に入るかどうかは……」

太田は即座に「お願いします」と、頭を下げた。

「ぼくはデザインできないし。もし、気に入らなくてもお金はお支払いします。そのときは、まだぼくには早かったと思って諦めて、もっとお金を貯《た》めてから、いつかまたアーキテクツさんにお願いしようと思います」

デザインは感性とマッチングだ。大枚をはたいたからといってクライアントの満足するデザインが上がるとは限らない。大切なのはクライアントの意向を汲《く》み上げるセンスと、それを形にする技術なのだ。そして比嘉と太田には、どこかしら共通するものがある。

「では、作品と、工房と、それから太田さんを写真に撮らせてもらえませんか。それと、この一輪挿しを貸していただけないでしょうか」

「いいですけど、そんなことをしてどうするんですか」

「太田さんとたまむし工房の雰囲気をデザイナーに伝えるんです。ロゴデザインを使うのは太田さんだから、やっぱり人となりを知ってもらってデザインしないと」

太田は満面に笑みを浮かべて、一輪挿しを春菜に渡した。

「こんないびつな器だと、ロゴを作るなんてまだ早すぎるって言われちゃうかな」

持たせてもらったガラス器は、程よい重さでしっくりと手に馴染《なじ》み、安心感と温かさを感じさせるものだった。この青年はいつか、きっと、人気作家になるだろう。

スマホで何枚か写真を撮り、破《わ》れないように一輪挿しを包んでもらって、たまむし工房を出た。

本当ならその足で比嘉の事務所まで行きたかったし、実際そこからアパートに帰るほうがずっと早いのだが、出向中の身なので、タイムカードを押さずに直帰もできない。

太田が駐車場まで見送りに来てくれたので、春菜は車を出して近くのコンビニまで移動してから車を駐めた。比嘉に電話するためだった。新聞広告のお礼を伝えたのはつい先日なのに、あれから随分と時間が経ったような気がする。比嘉はワンコールで電話に出ると、

「ああ、高沢さん。お世話になっています」と、明るく答えた。

「今日は、なんですか?」

「比嘉さんに、儲からない仕事をお願いできないかと思って」

正直に言うと、「儲からない仕事ですか」と、苦笑する。

春菜は、それが美大を出たばかりのガラス作家の依頼であること、デザイン料が高額であることを知ってもらった上で、一点のみデザインを起こすことにした経緯などを伝え

た。

「その人のガラス器は気負いも衒《てら》いもない造形で、ほっこり懐かしい感じがするんです。手のひらにスッポリ収まって、温かみすら感じるっていうか」

「すっかりファンになったんですね」

電話の向こうで比嘉が笑う。そうなのかなと春菜は思った。

「再生ガラスを使っていて、何の変哲もない造形がむしろ、かわいいの」

「へえ。ちょっと興味がありますね」

「今、彼の工房を出たところなんだけど、建物と作品の雰囲気を写真に撮ってきたから、見てもらってもいいかしら。もしもイメージが湧きにくかったら、断ってくれていいですから」

「断りませんよ」

比嘉は即座に答えた。

「ぼくも起業したばかりだからわかります。誰でも初めはお金なんかない。でも、そういうときだからこそ持っているパッションみたいなものってあるじゃないですか。駆け出し貧乏職人同士、応援するつもりでデザインさせていただきますよ」

「比嘉さんならそう言ってくれると思ってた。ザックリ一万五千円しかないんだけど」

「起業したばかりの一万五千円は、けっこうな大金ですからね。いいでしょう」

春菜はひとまずホッとして、

「実は、太田さんから器をひとつ借りて来たの。実物を見ながらデザインしてもらったほうがいいと思うんだけど、今日はもう時間がなくて……比嘉さんさえよければ、明日、器を届けに行きたいんだけど」

そう伝えると、いつでもいいですと比嘉は答えた。

「ここ数日は缶詰状態で仕事してますし、とりあえず写真データを送ってもらえば、イメージを膨らませておきますよ」

春菜は写真をメールして、再び嘉見帰来山へ向かった。


やはり思いのほか時間がかかった。嘉見帰来山手前の集落や唐松林を抜ける頃、時刻はすでに六時をまわり、暮れかけの空に山々がくっきり黒く浮かび上がっていた。道は細く、外灯もなく、夜になってまたこの道を戻るのは厭だなあと不安に思う。誰かにタイムカードを押してもらえばよかったが、出向初日にそれをするのは無理だった。

花が供えられた事故現場を通り過ぎ、工事看板が並ぶ道で、何台かの車とすれ違った。現場事務所から帰っていく事務員や、早番で帰る食堂のおばちゃんの車だった。

ようやく辿《たど》り着《つ》いたグラウンドは通勤者の車がほとんどなくて、工事用車両や橘高組のバンが駐まっていた。

外灯がないので春菜はスマホのライトを点《つ》けた。初日だからと張り切ってヒールで来たのが悔《く》やまれる。地面には草が生《は》え、石ころがあり、歩きにくいことこの上ない。信濃歴史民俗資料館で聞かされた犬神の話が頭をよぎり、狗場杜があったと思《おぼ》しき廃校のほうを振り返ってみると、山肌に朱《あか》い鳥居が浮かんで見えてゾッとした。村長の屋敷はどのあたりにあったのだろう。当時村にいた人たちは、みんなどこへ行ったのだろう。日暮れた風は冷たくて、春菜は背中を丸めて先を急いだ。

フェンスの隙間をくぐったとき、トンネル工事の現場が目に飛び込んできた。聳え立つ嘉見帰来山の山裾《やますそ》に煌々《こうこう》と明かりが点いて、薄闇《うすやみ》から抜きんでて見える。その光景は、昼に見るものとは全く違った。仮囲いの奥が明るく光り、山そのものがコンクリートと鉄骨でできた内臓を晒《さら》しているかのようだ。静まった周囲にゴウンゴウンと鳴る音は、掘削機なのか、他の機械か、春菜にはよくわからなかったけれど、砂山に立ち向かう蟻《あり》のような人間の小ささと、その人間が行う工事の凄《すご》さに畏怖《いふ》の念が湧いてきた。

山また山にトンネルを開けて、人間は道を通してきたのだ。山の神がもし、いるならば、小さいけれど貪欲《どんよく》な人間を、どんな思いで見つめていることだろう。

「山の神って……」

春菜は思わず自分を嗤《わら》った。街育ちで合理主義、仕事と売り上げにしか興味のなかった自分が山の神を語るなんて。それもこれも、

「仙龍のせいよ。仙龍とコーイチと、小林教授と生臭坊主《なまぐさぼうず》の」

ところがその仙龍は出張中で、凶夢を心配して電話をくれたのはコーイチだ。

春菜は坂を下りて現場事務所へ入ってゆき、外階段を上って総務部のタイムカードを押した。事務所ではすでに総務部の明かりが消えて、監理部署にだけ人がいた。春菜のデスクには峯村が残したメモがあり、先に上がりますが明日もよろしくお願いしますと書かれてあった。

明日になったら峯村に狗場杜の話をしようと春菜は思い、デスクを片付けてから、着替えを取りに更衣室へ向かった。明日からは事務服で出勤してくるにせよ、ロッカーに置いてある私服とコートは取りに行く必要があるからだ。

更衣室の前は作業員たちでごった返していた。すでに本日の仕事を終えてシャワーを浴びた男たちもいる。気が強い春菜も、見知らぬ男ばかりがこんなにいると少しだけ怖い。春菜は廊下の隅をコソコソ進み、更衣室のドアを開けた。

電気の消えた更衣室には、むせ返るような獣の臭いが漂っていた。

思わず手の甲で鼻を覆って、春菜は手探りで照明を点けた。両側にロッカーが並ぶ更衣室は視界を遮《さえぎ》る物が何もない。ベニヤ板張りの床、蛍光灯が一つだけの天井、パーティションの隙間に廊下の明かりが洩れて、もちろん獣の姿などはなく、廊下でだべっている作業員たちの声がする。獣の臭いはあっという間に薄れたが、春菜は訝しみながら自分のロッカーへ向かった。事務服のポケットをまさぐって鍵《かぎ》を探す。

今朝は笠嶋に案内されてここで着替え、パソコンを取りに一度だけ戻り、そのときまた鍵を掛けたのだから、鍵はポケットにあるはずだ。それなのに、小さなポケットの中が恐ろしく複雑に思えるほど、指に鍵が触れてこない。ようやくハンカチの下から鍵が触れ、それを引っ張り出して鍵穴に挿し、回す間も、春菜は背後が気になった。

うしろに死んだ富沢さゆりが立っているのではないか。ロッカーの奥の暗がりに、ぼんやりと進藤三咲がいるのではないか。

蛍光灯がひとつきりなんてケチくさい。そのせいで随所に薄闇が蔓延《はびこ》って、どこかから、たとえばロッカーを開けたとたんに、何かが飛び出してくるような気がするのだった。

いいわよ。出られるものなら出て来なさいよ。

あまりに怖いと、却って開き直るタイプである。春菜はロッカーの取っ手を掴み、力任せに引き開けた。そのとたん、肩先に何かが落ちて来て、飛び上がるほど驚いた。床に落ちたのを見ると真っ黒な木札で、奇天烈《きてれつ》な鬼が彫られている。富沢さゆりがデスクの奥に貼っていた魔除けの木札と同じものだった。

「なんで？」

つまんで拾い、握りしめて胸を押さえた。富沢さゆりはロッカーにまで魔除けを貼っていたのだろうか。勢いよく開けたから、それが飛び出して来たのだろうか。

——それか、亡くなった人たちのことを調べてみたらいいんじゃないすか？　妙なことが起きてなかったか。それともただの偶然か——

コーイチの言葉が頭に響く。

亡くなった二人はどんな人物だったのだろう。ここで働いていたこと以外に共通点はあったのだろうか。誰かとトラブルを起こしていたとか、顰蹙《ひんしゅく》を買うことがあったとか、そういう話はなかったのか。いやいや、あれは事故なんだから、犯人なんかいないのだ。

そう思うそばから犬神の話が頭をよぎる。

犬神を持つ人物は妬む相手に犬神を憑け、不幸な目に遭わせるのだという。

事務服で帰るつもりだったけど、春菜はやっぱり私服に着替えた。人は見た目ではないとわかっているけど、広告業界で長坂のような輩《やから》と仕事をするには、私服でテンションを上げてモチベーションを維持するのも大切なことだった。私服は春菜の戦闘服だ。

富沢さゆりのロッカーで、富沢さゆりの鏡を借りて化粧を直し、口紅を塗って小指で伸ばすと、春菜は上下の唇を擦り合わせながら、（何かあるなら、教えてよ）と、心の中でさゆりに語った。語りながらも、鏡に映る自分の顔がさゆりに変わったらと怖くなる。

富沢さゆりは事故で死に、進藤三咲は凍えて死んだ。

支度《したく》を終えて更衣室を出ると、廊下に溢れた男たちが、奇異なものを見るような目で春菜を見た。山奥の工事現場に、派手で場違いな女が現れたとでも思ったのだろう。

「お疲れ様です」

春菜は彼らに頭を下げた。カツ、コツ、と、ヒールの音を響かせて、今度は廊下の真ん中を戻る。背中に視線を感じながら出口で止まり、颯爽《さっそう》と振り返ってニコリと笑った。

「お先に失礼いたします」

これでいい。所詮女と揶揄《やゆ》されようが、女には女の武器があるのだ。事務服が垢抜《あかぬ》けないと言われたり、私服が派手すぎると言われたり、そんなの余計なお世話なのよ。自分に活を入れるため、春菜は背筋を伸ばしてプレハブを出た。明日は食堂で誰かつかまえて、亡くなった二人について訊ねてみよう。工事現場から別の一団が戻って来て、出ていく春菜とすれ違った。その瞬間、「女」と罵《のの》る声がした。

「悪目立ちして犬神を憑けられないよう気をつけろよ」

「え」

振り向いてみたものの、男たちはドヤドヤと去って行き、誰が喋《しゃべ》ったかわからない。暗い地面に棟の明かりが四角く伸びて、背後で森がザワザワ揺れる。昇ったばかりの月は巨大で、血のように赤く、漆黒に変わりつつある空の底にじっとしている。夜はそこまで迫っているのだ。春菜はブルンと身を震わせて、大急ぎで現場事務所の仮囲いを抜けた。

廃校へ戻ろうとして道を渡るとき、グラウンドへ入っていく車が一台見えた。こんな時間にやって来るのは、夜間の旗振り要員だろうか。スマホを懐中電灯代わりに未舗装の坂を上って行くと、グラウンドの中ほどでさっきの車がライトを消して、春菜は急に心細くなった。山も、風も、夜も、闇も、すべてが自分を憎んでいるような気がする。

　トンネルを掘っているのは現場事務所の奥なのだが、巨大なダクト設備や重機のせいで内部は見えない。辛《かろ》うじて工事現場全体を俯瞰《ふかん》できるグラウンドからは、各種のライトに照らされて、鉄骨の複雑なシルエットが窺える。不思議で、力強く、美しい光景だ。大勢の人が働いているのに、軽口を叩き合うでもなければ、すれ違っても目を合わせようとすらしない。時折聞こえる発破の音と、コンプレッサーや重機が唸《うな》る音、バックするトラックの警告音や、それを誘導する警備員の声。それら総《すべ》てが『工事』という活動に一括《ひとくく》りにされて、山を浸食していく機械の中に、人間は自分だけのような気さえするのだ。

　車の鍵を開けたとき、仮囲いの奥から大型トラックが出て来るのが見えた。

　掘削によって出た土を『ずり』と呼ぶのだが、それをどこかへ運んでいく。ぼんやり眺めていると、動物の遠吠《とおぼ》えのようなものを聞いた気がした。声は細く、長く、抑揚《よくよう》があり、巨大で赤い月に向かって糸のように伸びていく。刹那、悲しみとも怒りとも諦めともつかぬ感情が、春菜の心を震わせた。

「なに……?」

　更衣室で拾った魔除けの木札を、春菜はギュッと握っていた。遠吠えは細くかすれて、消えたかと思うとまた聞こえ、音の軌跡が宙を引っ掻くかのようだ。どこから聞こえるのだろうと耳を澄ませてみたものの、やがて、実際の音ではないと悟った。

仙龍やコーイチは、春菜のことをサニワだと言う。

サニワである、もしくはサニワを持っているというような言い方をするのだが、それがどういうものなのか、春菜はまだよくわかっていない。一概に説明できるようなものでもないらしく、仙龍たちは教えてもくれない。ただ、隠温羅流の因縁祓いにはサニワが必要であることや、自分が感覚的に感じる何かが、因縁祓いの道筋を決める役に立つらしいということを理解するのみである。ならばこの遠吠えも、サニワが自分に聞かせているのかもしれない。

春菜は魔除けを握りしめ、いっそう耳を澄ました。

――……しや……の災いなりて……の地……び……振り返らずや……――

遠吠えと思ったものは人の呟きのようにも聞こえ、つぷつぷと呪文《じゅもん》を唱えているようでもあった。そうしてやがてその声は、ずりを運ぶトラックから漏れているように思えてきた。

あたりはすでに暗くなり、警備員が振る誘導灯の赤い灯で、トラックは現場を出ていった。するとやはり、声もトラックと共に移動していくようだった。

「あら？」

春菜は手の甲で目をこすった。すでにライトしか見えない暗さだというのに、トラックの荷台が確認できる。

羽根状のアオリで保護されたずりが、青白く発光しているからだった。

誰かに同意を求めたかったが、誰もいない。もう一度目を凝らして、春菜は異様なものを見た。たった今までずりだと思っていたものが、人の頭に変わっていたのだ。しかも正常な頭ではない。口も目も半開きにした虚《うつ》ろさで、あるものは横に、あるものは逆《さか》さに、またあるものは、すでに白骨と化した頭をカクカクと小刻みに動かしている。頭皮と髪はそのままに、頬《ほお》から口にかけて肉を失ったものもあり、乾涸《ひか》らびてしまったものもある。頭は首につながっておらず、カボチャさながら荷台に山積みされているのだった。

「え、ちょっと」

――怨めしや……此《これ》は……ぬがみの……りて……れて候……してそうろ……――

首はつぷつぷと呟きながら、峠のほうへ運ばれていく。春菜はゴクリと生唾《なまつば》を呑んだ。

慌てるな、焦るな、これは、あれだ、サニワとかいう、わけのわからないやつのせいだ。懸命に自分に言い聞かせるも、トラックがもう一台現場を出て来て、やはり積まれたずりが仄《ほの》かに発光しているのを見ると、抑えきれずに恐怖が背筋を貫《つらぬ》いた。

「無事か？」

そのとき首の後ろで声がして、春菜は「ぎゃっ」と地面にしゃがんだ。両手で頭を抱え込み、膝の間に顔を伏せる。持っていたスマホが地面に落ちて、ライトが関係のない方向を照らす。ぎゅっと瞑《つぶ》った目を細く開けると、ヒールの先が視界に入り、誰かの手がスマホを拾った。少なくとも、人間の手のようだった。

「すまない。驚かすつもりはなかったんだが」

頭の上で声がして、スマホのライトが自分に向いた。

「大丈夫か」

その声には聞き覚えがある。春菜は目を瞬き、仁王立《におうだ》ちする仙龍を見た。

「どうした。大丈夫なのか」

もう一度訊かれて、立ち上がる。本当に仙龍だ。案ずるように目を細め、スマホで春菜を照らしている。薄手のシャツにジャケットを羽織り、デニムパンツを穿《は》いている。今宵《こよい》の仙龍は、春菜が見慣れた作業着姿ではなかった。

「仙龍……え、なんでこんなところにいるの」

咄嗟に髪を整えていた。更衣室でルージュを引いてきてよかったと思った。あのダサい事務服を私服に着替えていたことも。

「井之上さんから、心配して来てくれたと聞いた」

「もしかして、心配して来てくれたってこと？　まさか、そんなことないわよね」

自分で自分の言葉を打ち消すと、仙龍はニヤリと笑った。

「そうだと言ったらどうなんだ」

赤くなっていたら恥ずかしいので、春菜はスマホに手を伸ばし、ライトを消した。

どうなんだって……どうなのよ。電話一つ寄こさなかったくせに。なんでこんなにグッドなタイミングで登場するのよ。考えていると、

「この現場はヤバいぞ。なのにどうしてこんなところへ、ノコノコやって来てるんだ。目先の売り上げに釣られたんだろう。わかっている」

仙龍は腰に手を当てて、呆《あき》れたように見下ろしてくる。図星を指されて、頬を染めていた血が一気に頭へ駆け上った。

「なによそれ、私がいつ目先の売り上……」

「ポケットパークの仕事が欲しいだけって言ってたっすよね？　昼間会ったとき」

仙龍の後ろからひょこりとコーイチが現れて、春菜はようやく気が付いた。さっき見かけた車のライト。あれは仙龍とコーイチのものだったのだ。

「コーイチまで。なにしに来たのよ」

恐怖と心細さはどこへやら、不覚にも仙龍の登場にときめいた自分が許せなくて、春菜は胸を反らして気を吐いた。淡い期待を抱いたり、砕かれたり、こんなのはもうたくさんだ。

「アレっすよ、社長が春菜さんのこと心配して、現場へ行くぞって言うもんすから」

コーイチは悪びれもせずにそう言った。

「出張先からすっ飛んで来たんすよ？　そんでもって、俺が昼間春菜さんと会ったって話したら、跳ねっ返りが独りで山にいるのは危ないからって」

「跳ねっ返りは余計だ」

仙龍が咳払いする。

春菜は少しだけ溜飲《りゅういん》が下がった。とりあえず、心配はしてくれたようである。

「仕事は終わりか？」

「ええ」

答えると、仙龍は「なら送っていく」と、ぶっきらぼうに言った。

「なんで？　私、車で来てるのよ」

「わかっている」

「そっちは俺が運転していくっすよ。この一帯を抜けるまで」

コーイチはニコニコしながら手のひらを出し、

「社長は四国に行ってたんすよ」

と、付け足した。

「井之上さんに電話してすぐ、四国へ飛んでったんっすよ」

「出張先は四国だったの？　え……まさか犬……」

シーッとコーイチは人差し指を立て、車のキーを貸せと言う。隠温羅流は、怪異の現場で怪異について語ることを禁忌とするのだ。目にしたばかりのずりを思い出し、春菜は素直に車のキーをコーイチに渡した。

「なにか変わったことはないか？　どこか腫れたとか、虫に刺されたとか」

「ないわ」

仙龍がコーイチに頷くと、コーイチは春菜の車に乗り込んだ。

「んじゃ、後から付いていくっすよ」

窓を開けてニカリと笑う。春菜は事務服を抱えて仙龍の隣に乗った。

なんとなく気まずいのは、仙龍が寡黙だからではなくて、彼を意識している自分のせいだ。チリチリと砂利を踏みながら仙龍の車が動き出す。前方に丸くライトが浮かび、それ以外は真っ暗だ。工事現場の照明が天に向き、群青《ぐんじょう》に星がきらめく夜空を不穏な色に染めている。廃校の裏山を振り返ってみたが、すでに黒一色に沈んでしまって、古い鳥居の不気味な姿は望めなかった。

坂道を下り、警備員の誘導灯に従って左へ折れる。その先は無舗装の道で、外灯もない暗闇《くらやみ》がどこまでも長く続いている。後ろを付いてくるコーイチのライトが、時折ルームミラーの中で光った。

「ありがとう」

とりあえず、春菜は仙龍に呟いた。

「仙龍のお姉さん、不吉な夢を見たんだって？」

前方を照らすライトを眺めて訊くと、仙龍は短く「そうだ」と、答えた。それきりで、またしばらくは沈黙が続く。それでも春菜は、右肩に仙龍の体温を感じるような気持ちがした。それほどに恐怖と緊張を感じていたということだ。さっき見たずりはなんだったのか。更衣室にわだかまっていた獣の臭いと、不気味な気配は。

「あ、そうだ。仙龍、これ、何か知ってる？」

知らず握りしめていた黒い木札をスマホで照らし、春菜はそれを仙龍の見やすい位置まで持ち上げた。仙龍はチラリと木札に目をやって、

「元三大師《がんざんだいし》だな。最強といわれる魔除けの護符だ」

と、即座に答えた。

「本当に魔除けだったのね。怖い姿だから、てっきり呪いの道具かと思ったのに」

すると仙龍は微かに笑った。

「たしかにな。元三大師は慈恵大師《じえだいし》と呼ばれた天台座主だ。正月三日が命日だから、元三大師と呼ばれている。平安時代の坊さんで、疫病祓《えきびょうばら》いの祈禱をしたとき、その姿が一瞬鬼に変じた。大師は弟子が描き写した己の姿をお札に刷らせ、それを門などに貼らせると、疫病神が恐れて逃げ出したと伝わっている。最強の魔除けと称される所以《ゆえん》だよ」

春菜は鬼の姿を指先でなぞった。たしかに魔物も逃げ出す怖さだと思う。

「それをどうしたんだ？」

と、仙龍が訊く。春菜は木札をポケットに入れた。

「工事現場に勤めていた女性二人が亡くなって、そのうち一人のロッカーとデスクを、私が使っているんだけど」

事務服も使っていることは黙っていた。

「このお守りは彼女のものなの。偉いお坊さんか知らないけれど、残念ながら御利益《ごりやく》はなかったってことになるわね。彼女は事故で死んだんだから」

「ふん」

仙龍は、チラリとバックミラーに目をやった。

「何か感じるか？」

「何かって？」

「いや……」

ライトが照らすのは真っ暗な道で、対向車もやってこない。カーブを曲がるたび草むらや林が白く浮かんで、あとはまた無舗装の道が丸く照る。春菜は少しだけ窓を開けたが、濃厚な夜気と一緒に悪いモノが入ってくる気がして、すぐ閉じた。

「一人は事故で、もう一人は遭難だそうだな。コーイチから聞いた」

「そうなのよ。新聞記事を読んだけど、特別不審なことは書いてなかった」

「でも、魔除けが必要だと思ってはいたんだな？　少なくとも、そのうちの一人は」

「ええ。たぶん」

前方に白く花束が浮かぶ。富沢さゆりの事故現場を通り過ぎるとき、春菜は静かに手を合わせた。さらにしばらく進むと、

「吸ってもいいか」

仙龍が訊ねた。春菜は煙草《たばこ》を吸わないが、職場には喫煙者がけっこういる。

「どうぞ」

答えると仙龍は運転席の窓を少し開け、器用に煙草を出して口に咥《くわ》えた。火をつけて二口ほど吸い込むと窓の外へ煙を吐き出し、それだけで煙草を揉み消した。

「別にいいわよ。全部吸っても」

「いや」

仙龍は白い歯を見せて、チラリと春菜を振り返った。

「四国には犬神祓いの神社がある。そこへ行って、話をしてきた」

「じゃ、仙龍は知っていたのね。昔、あのあたりに狗場杜という集落があったこと」

「知っていたのは俺じゃなくて、棟梁だ。あれでけっこうな歳だからな」

仙龍は小さく笑った。

「珠青が妙な夢を見たというので、おまえに電話したんだが、どうしてもつながらなかったんだ。それで井之上さんに連絡したら、橘高組の現場事務所へ出向しているという。井之上さんはちょうどよかったと言って、事情をすべて教えてくれた。おまえを行かせたまではよかったが、徐々に心配になってきたらしい。その話を棟梁にしたら、あの場所で昔大火事があって、集落が焼失したと聞かされたんだ。嘉見帰来一帯は知る人ぞ知る犬神の村だったと」

「私は小林教授から聞いたのよ。村長の屋敷と、ほか二軒から死者を出したけど、他の人たちは避難して無事だったって」

それから春菜は、火事が起こったとき犠牲者の一部はすでに死んでいたのではないかという消防団員の話も付け加えた。仙龍はじっと前を見ている。いつしか未舗装の道路を抜けて、整然と植林された林の向こうに、チラホラと民家の明かりが見えるようになってきた。道の前方で山が割れ、金の砂を撒いたような夜景がよぎる。街に近い場所まで来ると、仙龍はようやく話を始めた。

「四国の神社で話を聞くと、狗場杜や嘉見帰来という地名から、あちらを踏襲したものを感じさせると宮司は言った。ちなみにその神社には、今も犬神祓いを頼みに来る者が尽きないそうだ」

「たまたま狗場杜の事情を現場事務所の誰かが知って、二人の女性の事故を犬神と結びつけてしまったんじゃないのかしら」

それが最も合理的な解釈に思える。

「それならいいが」

仙龍は静かに言うと、大きく肩で息をした。

「無駄に怖がらせるつもりはないが、珠青はあれで強いサニワを持っている。彼女が見たのは死の予言だ。それも複数の死が降ってくる夢だ。このまま放っておくことはできない」

「でも、夢なんでしょ?」

工事現場で大きな事故が起きるという、笠嶋の言葉を思い出す。

「いや……」

集落を抜けると山が途切れて、眼前に市街地の夜景が広がった。仙龍は道路沿いにある地場産品直売所の駐車場へ車を乗り入れた。隣にコーイチが来るのを待ってエンジンを切り、降りていくので、春菜も続いて助手席を出た。

「やー。無事に下りてこられてよかったっすねぇ」

コーイチはニコニコ笑っている。駐車場には外灯があり、道路の周囲もそれなりに明るい。吹く風も柔らかで、むしろ清々しいくらいである。夜気にも花の香りが混じるのは、山深い信州の春ならではだ。

「どうして迎えに来てくれたの？」

訊くと仙龍は改めて煙草を咥え、手で風を避けながら火をつけた。深く吸い込んで煙を吐くと、唇を歪めて「危ないからだ」と春菜に答えた。

「おまえには、すでに犬神が憑いているかもしれないし、それを気にするタマでもないし」

「私に？　なんで？」

「美人さんだからっすよ」とコーイチは言い、

「まわり気にせず突っ走るタイプだからだよ」と、仙龍が訂正した。

「二の舞になるかもしれないからな。独りで帰すのは危険だと思った」

「なによそれ」

「悪目立ちすると顰蹙を買って危険なんだよ。犬神憑きは犬神を制御できない。妬み、僻み、嫉み、羨み、些細な心の動きで犬神を飛ばして、相手を取り殺してしまうんだ」

「首とか足とか腕とかいろいろ、犬神が憑くと腫れるんですって」

「だから虫刺されがないか訊いたのね。山の中なんだから、虫刺されのひとつやふたつできるでしょうに。虫刺されか犬神か、どうやって見分けたらいいっていうのよ」

「見分け方はわからないんすよ。だから、犬神を持ってる土地では体に腫れ物を持つ人を避けるんですって。船に乗せて沖に出たりはしないんす。事故があると大変だから」

春菜は眉間に縦皺を刻んだ。犬神が憑いたら自分が元凶と見なされてしまうなんて、なんというか、他人を道連れにする迷惑は、やめて欲しいものだ。

「仙龍はさっき、あの場所はヤバいって言ったわよね？　あれはどういう意味だったの」

「うむ」

と、仙龍は小さく唸り、煙草の火を揉み消した。

ゆるやかに吹く風が彼の前髪を乱していく。いつもの作業着姿でなかったのは、出張先から工事現場へ直行してきたからだったのだ。

「犬神祓いの神社で聞いた話によると、犬神に憑かれた一族が犬神を処分する場合……」

そこまで言って仙龍は、「この話も教授から聞いたか？」と、春菜を見た。

「死角になる場所へご神体を捨てに行くっていうんでしょ。その場合でも、捨てに行った人に犬神が付いて戻らないよう、その人が死ぬしかないって」

「狗場杜が犬神の集落だったとすれば、ご神体を捨てるのに絶好なのが現在の嘉見帰来山だ」

「あの山が狗墓って呼ばれていたのは、つまりそういうことだったんっすね」

コーイチがどや顔で言う。

「ご神体のお墓だから狗墓？　そういえば、狗場杜の人たちは山を崇める独自の宗教を持っていたと小林教授が」

「集落が死角に入る犬神の墓。犬神に生け贄を捧《ささ》げた場所も、あの山だったと考えられる。犬神は穢《けが》れだから神聖を嫌う。あの一帯を嘉見帰来と呼んだ理由もそれだろう」

春菜はずりを載せたトラックの光景を思い出していた。荷台に積まれた夥しい頭。つぷつぷと呟いていた呪文のような声。

「え、待って。それじゃ、今もあそこにご神体が埋まっているの？」

「おそらくな」

仙龍は頷いた。

「その可能性は大いにある。それに、埋まっているのはご神体だけではないかもしれない」

「生け贄や、ご神体を捨てに行った人が埋まってんじゃないかと、社長は言うんすよ」

「そうか……そうよ……そうかもしれない」

春菜はずりの様子を仙龍に語った。トラックの荷台にあるのは嘉見帰来山の残土だ。けれどもそれはただの土ではなくて、犬神が染みこんだ山の一部でもあるわけだ。

――……しや……の災いなりて……の地……び……振り返らずや……怨めしや……此は……ぬがみの……りて……れて候……してそうろ……――

あの呟きは、犬神を葬るときの呪文だったか、それとも生け贄の恨みの声か。

「嘉見帰来山を掘ることは、犬神の墓を暴くこと」

「珠青の凶夢はそれを予見したものかもしれない。このままトンネルを掘り続ければ」

山は憑き物の棲処なのだ。聖地を穢された神はどうするだろう。土の隅々にまで怨念《おんねん》がこもる嘉見帰来山。それを破壊し、掘削し、貫通させようとするならば、凶夢が示すように人が大勢死ぬかもしれない。

「落盤事故とか……」

口から飛び出した言葉に春菜は心底ゾッとした。

「不吉な噂があるの。女性二人が死んだのは犬神のせいで、大きな事故も起きるって」

「犬神は予言する神だ。犬神を奉ずる現場なら、噂が立つのも不思議ではない」

「だから安全祈願祭でも、不吉なことが起きたのかしら」

「なんすか、不吉なことって」

「祭壇の魚が腐っていて、神主が、工事は凶だと言ったって。もう一度お祓いを頼んだら、宮司さんが体調を崩してお祓いに来られなかったって」

「それってスッゲー凶事じゃないすか。挙げ句に二人も死んでたら、普通なら、別の場所にトンネル通しそうなものっすけどね」

コーイチはそう言うが、春菜は峯村に同情的だ。

「ところがそうもいかないのよ。地盤に問題があったとか、行政を納得させる事情があれば別だけど、不吉だからって契約破棄はできないわ。それに、私をあそこへ呼んだ峯村部長は橘高組の人なのよ。橘高組は土木工事の会社だし、創業したのは松山だから、犬神が祭神だということも、本当は知っていたんじゃないかしら」

「俺もそれは考えた。おまえに白羽の矢を立てた理由は、犬神を浄霊して無事に工事を終わらせるためだと。よもや山そのものに因縁があるとは思いもせずに」

「ひぇぇぇぇぇ」

コーイチは四本指を口に咥えた。

「犬神を浄霊って、んなこと春菜さんにできるわけないじゃないっすか。村ひとつ消しちゃうくらいの障りなんすよ」

「ていうか、どうして広告代理店の営業に白羽の矢が立つのよ」

春菜は峯村の誤算に気が付いた。過去に関わった因縁物件。峯村は、それを祓ったのが春菜だと勘違いしたのだろう。仙龍たち隠温羅流や民俗学者の小林教授、霊験あらたかとはいえない生臭坊主がチームで関わっていたとも知らず。

「だから言ったのよ。私は霊能者でもなんでもないって」

プリプリと怒っているとき、閃《ひらめ》きが稲妻のように春菜を打った。

「コーイチ、なんて言った? いまさっき」

「んなことできるわけないって」

「そうじゃなくって」

「村ひとつ消しちゃうくらいの障りだからって」

春菜は眉根を寄せた。閃きは一瞬で過ぎていく。それを捕まえておくために、春菜は考えを言葉に出した。

「村が消えたのは障りじゃなくて山火事のせいよ。そして村の人たちは、予言を知っていたから助かったのよ」

本当にそうだろうか。ならばどうして死者を出したのだろう。特に村長の一家などは、優先的に予言を得ていたはずである。そういう立場にも拘わらず、自分たちが死ぬことは知らなかったのだろうか。

何かが心に引っかかる。消防団員は、彼らは火事の前に死んでいたのではないかと話した。仏間で、白い寝間着姿で死んでいて、子供の遺体に咬み痕を見たと。

「待って。待って待って待って……」

春菜は髪を掻き上げた。犬神は犬神憑きの死を予言しないのか。狗場杜が焼けたのは犬神のせいか。そうではなくて犬神は、予言で村を守ったのだろうか。

「仙龍。犬神に憑かれると、どうなるの？」

「諸説あるが、犬神憑きは見る者が見ればわかる特異な容貌《ようぼう》をしているという。また、犬神を憑けられると、四《よ》つん這《ば》いになって徘徊《はいかい》したり、奇妙なことを口走ったり、体に腫れ物ができて熱を出し、全身を咬まれるような痛みを得て死ぬそうだ」

「咬まれるような痛み……」

村長は狗場杜の中心だ。犬神に祟られるのはやっぱりおかしい。考えていると、

「なんだ、何か引っかかることがあるのか」と仙龍が訊いた。

「山火事のことが気に掛かるのよ。予言で助かった人がいた一方、どうして犠牲者も出たのかなって。本当に山火事だったのよね？　それとも」

「放火だったと思うのか。俺もそこが気になったから、コーイチに調べてもらったが、乾燥による木の摩擦で起きたのは間違いないらしい。五十年以上前とはいえ、放火か自然発火かは調べればわかるだろう」

「そうよね。でも、なにかが引っかかるの」

しばらく考えてから春菜は、

「当時のことを知る人に、話を聞くことができないかしら」

と、首を傾げた。

「んなら、起工式で安全祈願した神社はどうっすか？　工事会社が懇意の宮司を引っ張って来たならアレだけど、土木工事の現場では、土地の神様にお願いすることが多いと思うんすよね。特にあそこは街場じゃなくって山の中だから、呼ばれる神社は決まっていると思うんす」

そこで春菜が峯村に電話して神社を紹介してもらうことにした。

車に戻ってバッグを漁《あさ》り、峯村にもらった名刺を探す。彼の携帯に電話してみると、コーイチの言う通り、山向こうの九頭龍神社に頼んで安全祈願祭をやったとわかった。

「どうして神社を知りたいんです？　高沢さん、なにかわかったってことですか」

峯村に訊かれたものの、「いえ。まだです」と、春菜は答えた。

「もう少し時間をください。それと、明日は九頭龍神社へ寄ってから出勤してもいいでしょうか」

峯村の了解を得て電話を切ると、春菜は仙龍とコーイチを見た。

「許可を取ったわ。明日、九頭龍神社を訪ねて宮司さんに話を聞いてくる」

「俺たちも同行する」

と、仙龍は言った。

「余計なことに首を突っ込むなと棟梁には言われたが、すでにおまえが関わっていると話したら納得してくれた。サニワに引き寄せられる因縁は、それなりの実入りが見込めるそうだ」

「ポケットパークに因縁祓いの予算が付くってこと？」

「またそれか」と、仙龍は笑い、

「いずれにしても、欲と二人連れにはならないことだ」

と、春菜をいなした。

明日早朝、この場所で落ち合うことにして、春菜は自分の車に戻った。

「ああ、それと」

助手席に今度はコーイチを乗せて、仙龍は運転席の窓を開けた。

「念《ねん》の為《ため》、元三大師の護符は離すなよ？　死んだ彼女があの世からくれたお守りかもしれないし」

心配しているにしても、死んだ彼女があの世からなんて、気味の悪い言い方をする。

でも本人は助からなかったじゃないと、春菜は一瞬思ったものの、素直にポケットの木札を確認した。

二台はしばらく縦走していたが、市街地に入る手前の交差点でそれぞれの方向へ分かれていった。去っていく車のライトを見送りながら、いずれにしてもまた仙龍に会えたと、春菜は少しだけ微笑んだ。

其の五

狗《こ》場《ば》杜《もり》の謂《いわ》れ

翌早朝。地場産品直売所の駐車場からは、市街地の彼方にぼんやりと、起伏のない菅《すが》平《だいら》の稜線《りょうせん》が遠望できた。街も山も黄砂《こうさ》に霞《かす》んで、心なしか口の中がザラザラする。ぐるりと視線を動かしてみても、空と平地の間にはどこまでも遠く山がある。そのすべてに名前があるとしても、春菜は山の名前をほとんど知らない。それほどに、信州は山に囲まれていて、春菜がいるのもその中復だ。

日の出と共に山々が夜露を吐き出して、真っ白な霧が雲海のように棚引いていく。雲が生まれる瞬間を見ているのだと、春菜は思った。駐車場の周囲にはリンゴ畑が広がって、畑の終わりが森になり、森は山へと続いていく。下手くそなウグイスの鳴き声を聞きながら、春菜は「うーん」と背筋を伸ばした。穏やかで爽やかな朝だった。

この場所から道路を見下ろせば、市街地へ通勤に向かう車ばかりが坂を下って、上ってくる車はほとんどない。だからこそ、向かってくる一台に仙龍が乗っているのがわかる。

昨日事務服を持ち帰ったのに、またも私服で来てしまったのは、彼を意識しているからだ。負けた気がして認めたくないが、歩きやすさ重視と決めたのにインヒールのスニーカーを履いてきたのもそのせいだ。春菜は車のウインドウに自分を映して髪を整え、両手でパンパンと頰を叩いた。自分に笑いかけてから、たった今着いたかのように運転席に座り直した。

「遅くなって悪かった」

隣に車を停めてから、仙龍は窓を開けてそう言った。助手席にはコーイチがいる。と、思ったら、後部座席に小林教授と、小汚い僧衣を纏《まと》った生臭坊主も乗っていた。

「おはよっす」

助手席からコーイチが手を振ると、後部座席の窓が開いて、

「どうもですねえ」

と、教授が言った。生臭坊主はドアを開けて降りてきて、

「これは娘子《むすめご》、久方ぶりであったのう」

と、にんまり笑った。そのまま運転席までやって来る。

いつから法衣《ほうえ》を洗っていないのか、饐《す》えたような体臭と、分解されなかったアルコールの臭いがした。

「雷助《らいすけ》和尚まで。みんな一緒でどうしたの？」

訊きながら、春菜は慌てて車のドアをロックした。図々《ずうずう》しくも雷助和尚が助手席に乗り込んでくるのを防ぐためだった。

怪坊主は名を加藤《かとう》雷助という。先代の頃から隠温羅流の因縁祓いに関わっている坊さん

で、自分勝手に『三途寺《さんずのてら》』と名付けた山奥の廃寺に住み着いている。三度の飯より酒と女と博打《ばくち》が好きで、それゆえいつも金がなく、廃寺に住むのも借金取りに追われているからだという。除霊供養には法外な金額を要求してくる強突《ごうつ》く張《ば》りだが、どこか飄々《ひょうひょう》として憎めない不思議な坊主なのだった。

「どうしたもこうしたも、娘子の一大事と聞いたからには」

雷助和尚はちゃっかり助手席側に回り込み、ロックしたドアをコンコン叩いた。

「私の車は素面《しらふ》の人専用です。酒臭い人はお断り」

春菜は冷たく言ってドアは開けず、

「和尚を迎えに行ってたの？　朝早くから？」と、仙龍に訊いた。

「そっすよ。ちっとも起きないから大変だったんっすよ。春菜さんの一大事だって引っ張ってきたんす。どうしても、和尚の知恵を借りないとならないからっすね」

「なぜか教授もついてきた。もっとも、知恵を借りるなら大勢いたほうがいいからな」

たかだか工事現場の迷信に、なんなんだろうこの人たちはと、春菜は心でため息をついた。せっかく仙龍と神社へ行けると思っていたのに。いや、しかし、考えてみればデートの約束をしたわけでなし、嘉見帰来山の因縁を解くならこの面々は外せない。

「和尚、行くぞ」

仙龍は和尚を呼び寄せて、春菜より先に車を出した。

九頭龍神社は、嘉見帰来山の裏側に聳える別の山に社殿を構えている。一帯はかつて山岳信仰が栄えた場所で、もとは修験者が開いた寺が、神仏分離で神社になったものだという。二台の車は朝まだきの道を上ってゆき、観光客用に整備された神社の駐車場に停まった。どこであれ人目につくことを嫌う和尚は車内で待つと言うので、春菜たちは彼を残して参道へ向かった。

社殿の周囲は針葉樹の森で、往時には山越えの街道が通っていたそうだ。鳥居をくぐって境内《けいだい》へ入ると、朝靄《あさもや》漂う境内で竹箒《たけぼうき》を持ち、若い神職が石畳を掃いていた。

「おはようございます」

仙龍が先ず声をかけ、続いて春菜が頭を下げる。風切トンネルのことで話を聞かせて欲しいと告げると、神職は社務所のほうへ四人を招いた。

「安全祈願祭でご祈禱させて頂いたのは私ですが、詳しいお話は宮司からお聞きになったほうがよろしいかと思いますので」

神職は歩きながらそう話し、「けれど、あんなことは初めてでした」と表情を曇らせた。

「お供えが腐ってしまったと聞きましたけど」

春菜が言うと、彼は深く頷いて、

「土地神様が工事を嫌っておられたのだと思います」

と答えた。

「あの土地のことをご存じですか?」

「いいえ。私はこちらの生まれではないもので」

社務所の入り口で四人を待たせ、彼は奥へ入っていった。しばらくすると老いた宮司を連れて戻り、自分はまた境内の掃除に戻っていく。白袴《しろばかま》を穿いた宮司は八十に手が届きそうに見えるが、立ち居振る舞いは矍鑠《かくしゃく》として、瞳が若者のように澄んでいる。草履で玉砂利の上に立ち、仙龍から始めて順繰りに四人を見渡した。

「あなたはたしか曳き屋さんでしたね。奥宮が雪崩の被害に遭ったとき、社殿を動かしていただいた」

仙龍を見上げて言うので、仙龍が先ず頭を下げた。

「はい。でもたぶん、それをしたのは父の昇龍です」

「そうでしたでしょうか。そういえば、あれからずいぶん経つのにちっともお歳を召さないと、不思議に思っていたのです。昇龍さんはお元気で?」

「定めの歳に亡くなりました。自分は息子の仙龍です」

「では、棟梁さんはお元気で」

「叔父貴は元気です。頭が薄くなっただけで、今もピンピンしています」

それは何よりと宮司は笑い、教授、コーイチ、そして春菜と、順繰りに自己紹介を求め

てきた。ひと通り挨拶が済むと、袴の正面で手を組んで、

「それで？　私に訊きたいことと仰いますのは」

と、誰にともなく問いかけた。

誰が話を通すのか、わずかに間が空いてから、教授がずいっと前に出た。

「宮司さんは土地のお方でしょうかね」

教授は今日もグレーのシャツに作業ズボンで、茶色のカーディガンを羽織っている。お尻から覗く手拭いは豆絞りで、一歩前に出たので、春菜の位置から痩せて猫背の背中がよく見えた。

「生まれも育ちもこの山ですよ。学生時代に滋賀へ出ていたこともありますが」

「では伺いますが、五十年少し昔のことになりますか、風切トンネルの工事現場近くで、山火事があったのをご存じですか？」

「存じています」

宮司は静かに答えてから、「ああ……場所を変えましょうかね」と、踵を返した。

この神社の社務所は授与所の奥に直会殿《なおらいでん》を持つらしい。直会とは、祭事が終わってのち、神饌《しんせん》や御神酒《おみき》を下げて酒食する場所のことである。

折りたたみのテーブルや座布団が重ねて置かれた直会殿の座敷に、宮司は四人を招いて座らせた。窓の外には森が見え、梢に射し込む朝日が新緑に光っている。同じ山でも清々

しい感じがする山と、そうではない山がある。春菜は無言で、その差はなんだろうと考えていた。

「件《くだん》の山のことですが」

湿っぽい座布団を四人に勧め、宮司はその正面に正座した。両膝の上に拳を載せて背筋を伸ばし、瞑目《めいもく》してから小林教授に目を向ける。

「あなたは民俗学者だと伺いましたが、それゆえに、思うところあって訊かれるのでしょうな」

小林教授は正座したまま拳をついて、宮司のほうへ躙《にじ》り出た。

「そうなのです。私の師事した先生が、あの一帯のことを調べていまして。それについて編纂《へんさん》した本が出来上がる寸前に、急逝してしまったのですよ。私自身は恩師の著書で嘉見帰来のことを知ったのですが、そのときには、すでに村は焼失してしまっていたのです」

続けて春菜が宮司に言った。

「廃村の向かいにある嘉見帰来山に、橘高組さんが風切トンネルを通そうとしています。つい最近、その現場事務所に勤めていた女性が二人、事故で亡くなっているんです」

「それも存じておりますよ。新聞で読みました」

「現場事務所の部長さんから、トンネル工事の安全祈願祭で、すでに凶事があったと聞きました。現場では、やがて大きな事故が起きるというような、怖い噂も立っているんです」

「こちらも何度か忠告しました。でも、聞き入れてはもらえなかった」

「そこでですねえ、宮司さん。あの山に触れるのは禁忌だと、そういう話は、もとからあったのではないでしょうか。このあたりを鎮守するお宮さんならば、その辺の事情にもお詳しいだろうと、そう思ってお話を伺いに来たというわけですが」

小林教授はそう言って、ポケットからメモ帳と鉛筆を取り出した。

「かつて、あのあたりは、狗場杜、嘉見帰来、狗墓などと呼ばれていまして、恩師は特に、狗場杜へ足繁く通っていたようですが、村の人たちは余所者には話をしてくれなくて、一切が謎のままなのですよ」

宮司は深くため息をつき、親指の先で眉間を掻いた。

「儂《わし》の親父《おやじ》のところへその先生がいらしていたのは覚えています。親父は止めたようですが、学者さんの好奇心というのは執着にも似て……だから親父は心配しておりましたんですが、やっぱりねえ。盗《と》られてしまったんでしょうかねえ」

「盗られてしまったって？　なんっすか？」

隅っこからコーイチが、目を丸くして春菜を見る。教授の恩師は命を盗られたのだと、春菜は宮司の言葉を解釈した。宮司は静かに呼吸を整え、窓の外に目をやった。

「狗場杜は神人の棲《す》む山でした。山火事が起きたとき、儂はまだ見習いをしておりまして、だから消防団として現場へ飛んで、消火作業に当たったのです。その先生は、火事の後もしつこく神社へいらして、現場の話を聞きたいと仰ったんですが、親父がそれを許しませんでした。とにかく、あの集落に関わることを嫌ったのです。橋高組さんから安全祈願のご祈禱を頼まれたときも、困ったなあと……それは確かです。でもね、随分時間も経ったことだし、あのあたりにはもう神社もないし、土地の障りを祓うためにもお役に立つべきではないかと覚悟して、事情を知る儂が行くのも土地神様と相性が悪いと、さっきの禰宜を行かせました。そうしたらあなた、お供え物が傷んでいたと聞かされて……正直ね、震えましたよ。情けないことですが」

そう言って、宮司は仙龍の顔を見た。

「隠温羅流の曳き屋さんならわかるでしょう？　この世には、触ってはならない場所というのがあるのです」

「あれは犬神を捨てた山なのですね？」

単刀直入に仙龍が訊くと、宮司は深く頷いた。

「すでに穢れた場所なのですよ。犬神というのは殖《ふ》えるんだそうで、殖えすぎると筋の家にも危害を及ぼすので、困っても容易には離れてくれない。どうしても、どうしても離れないのだそうで。それで、遠く離れた山奥に、そういう場所を作ったのです。村の起こりがいつ頃か、定かなことはわかりません。戦後にはもう、嘉見帰来一帯に人が住んでいたそうですが」

「火事は犬神が起こしたんですか。それとも狗場杜を嫌った誰かが？」

春菜は横から宮司に訊いた。そのことが、どうしても引っかかっているのだった。

宮司は春菜に顔を向け、頭の天辺から膝下まで遠慮のない目でつぶさに眺め、そして、

「抜けている」

ポツンと呟いた。間抜けなことを訊くなと叱られたのかと思ったが、どうもそうではないらしく、宮司の眼差《まなざ》しは澄んでいる。

「あなたを通して曳き屋さんに声が届くのですな。なるほどこれも神命でしょうか」

そうして宮司は、瞼《まぶた》の裏で五十年前を探るかのように目を閉じた。

「そうですな……あれは自然発火による山火事で、付け火や不審火ではありませんでした……ただね、あなたが仰るように、ただの山火事でもなかったと思います」

春菜はチラリと仙龍を見た。仙龍はただ宮司を見ているが、その向こうに座る小林教授と、コーイチとは目が合った。二人の顔は（やっぱり）と言っている。

瞑目したまま宮司は続けた。

「憶測でものを言うのはやめておきます。ですから、あの当時、儂が見たことのみをお伝えします。火が出たのは春彼岸未明のことでしたが、その前日は朝からお山が騒ぐと、親父なんぞは落ち着かない様子でおりまして、そんなこともあって、村の消防団を夜通し警

戒に当たらせていたのです。こういう話をするとオカルトだなんぞと揶揄する輩もおりますが、土地に根ざした信仰とはそういうもので、謙虚に五感を傾ければこそ、風の音や空気の匂いに不穏な気配を知るのです。あのときも、村の衆は誰一人文句を言うことなく火の用心をしてくれました。まだ葉っぱもない時期ですし、乾燥した風に吹かれて木が擦れ合うと、摩擦で火がつくことがありまして、地面に枯れ葉も積もっているし、春の強風は恐ろしいのですよ」

「じゃ……やっぱり自然発火だったんですね」

「それはそうだと思います。ただ、警戒していたものの、実際に火の手が上がったのはここではなかった。未明に山向こうに赤い火が見えて、あっという間に空を染め、これはえらいことだと、儂らは急いで嘉見帰来へ駆けつけたんです」

瞼の裏にある映像を振り払うかのように、宮司はふっと両目を開いた。

「当時、嘉見帰来の丘に分校がありました。狗場杜周辺の村から子供たちが通っていたところです。その丘より奥に狗場杜の集落があって、集落の上に小さい社《やしろ》がありました。儂らが駆けつけたときにはすでに集落に火がまわり、どうすることもできませんでした。延焼を防ぐことくらいしかできなかったんです」

「当時の新聞を読ませてもらったら、村長の一家と、ほか二軒から死者が出たって」

宮司は頷いた。

「あの先生も、その話を詳しく知りたがっていましたよ。狗場杜の衆は山火事のことを予言で知っていて、だから分校に避難していたんじゃないかとね」

「そうなんですか？」

「そんな噂もありましたが、正直に言って、そんなものじゃぁ、なかったのですわ」

宮司はさらに姿勢を正し、口の中で何かを呟いた。祝詞《のりと》か呪文のように春菜には聞こえた。窓から見える森はすっかり明るく、萌《も》え出た若葉がそよいでいる。木漏れ日が幾筋も折り重なって、光のカーテンが降りるかのようだ。朝靄はすっかり蒸発してしまっていた。

「異様でした。あまりにもね、異様だったんです。分校に避難していた狗場杜の衆の様子が、ですが。誰一人騒ぐでもなく、泣くでもなく、子供も何人かおったのですが、親に抱かれて目を見開いて、声も出さずに村が焼けるのを見ておりました。ええ。みんなでそれを見ておったんです。消防としては、逃げ遅れた者はいないか、この場にいない者は誰か、それを聞いてまわったんですが、誰もがあまりに白々《しらじら》としておりまして、こう言ってはなんですが、儂らと同じ人間とは思われないほどでした。ああ、これがあるから親父なんぞは、この村と関わりを持つなと言ったのだ。本気でそう思ったほどですよ。それでもようやく明けてきて、火事が下火になったとき、『サク坊がいない』と、子供の一人が言いました。それで儂らも、村長一家が避難していないことを知ったんです」

「サク坊というのは村長の孫のことですね？　当時の新聞に、火事で犠牲になった人たちの名前が載っていました。村長の家で亡くなったのは、村長の作古《ふるい》さん、その妻のヨリ子さん……長男の嫡子サク坊こと、五歳のサクゾウくん。火は村長の屋敷の裏から出たそうですが、それで、宮司さんは捜索にも行ったのですか？」

「行きましたとも。もう助からないだろうとは思いましたが、それでもやっぱり行きました。狗場杜の衆は口が重くて、村長の家に何人いたのか、他二軒には誰が何人住んでいたのか、そんなことを聞き出すのにも難儀しました。自分らの隣人のことですからね、普通なら、すぐにでも助けてやりたいと思うんじゃないかと、怒りのようなものさえ湧いてきました」

その人たちが火事の前に亡くなっていた可能性について、春菜は確かめたいのだった。けれど誘導尋問にならないように、宮司が核心に触れるのを待っていた。

「あの辺は嘉見帰来山のせいで午後の数時間しか日が当たらないのです。夜が明け、山向《こ》うには日が射しても、村が薄暗いことにかわりはなかった。どこもかしこも焼け焦げて、墨を貼り付けたみたいに黒々として、それなのに、あっちこっちからぶすぶすと白い煙が上がっているんです。それはもう陰惨たる光景でした。死人を出したのは村長の屋敷と、屋敷の離れのようにして敷地内にあった二軒の家で、二軒は完全に焼け落ちて、炭になった遺体がそれぞれ二体、瓦礫《がれき》の下から見つかりました。住民夫婦と思われました。村長の家は二階建てで、漆喰《しっくい》部分が焼け残っておりました。倒れた漆喰壁を必死にどけて、そうしたら、死人がまとまって出て来たんです。火に追われて一ヵ所に固まったのか、それとも、家族を救おうとしてその場所で力尽きたのか、ともかく同じ場所から見つかったのです」

「恩師の著書によりますと、それは仏間だったそうですが」

「仏間だったかどうか、儂らにはわからんことですよ。下のほうのご遺体が焼け残っていて、白装束だったのが不気味でね。しばらく夢に見てうなされました」

「白装束」

仙龍が呟いた。

「寝間着だったんじゃないんすか？　白の」

コーイチが脇から訊くと、「いや、あれは白装束です」と、宮司は答え、

「ここから先は、たぶんあの先生もご存じないと思いますが」

前置きをして、また、話し始めた。

「警察が来ましてね。もちろんご遺体を調べたんですが、そうしたら、村長の孫と赤ん坊、長男や長女などから睡眠薬が出たと聞きました」

「え？」

それはどういうことだろう。春菜にはわけがわからなかった。コーイチも同様らしく、

眉根を寄せて腕を組む。

「どーゆーことすか？　じゃ、やっぱ村長の家の人たちは、火事の前に殺されてたんすかね。それとも、睡眠薬を飲んでいたから逃げられなかったってことなんすかね」

「遺体に咬み傷があったというのは本当ですか？」

感じるところがあったのか、仙龍は宮司にそう尋《たず》ね、宮司はその目を仙龍に向けた。

「犬神に憑かれて死ぬ者は、全身に咬まれたような痛みが走るといわれております。幸いにも狗場杜の衆は頑《かたく》なに外部との交流を拒《こば》んでいたので、儂が知る限り、そんな被害に遭った者はおりませんなんだが、一番下から見つかった赤ん坊や子供の遺体は比較的きれいで、たしかにね、無数の咬み痕があったのですよ」

首筋に冷水を浴びせられたように、春菜は鳥肌が立った。

「ところがとても奇妙なことに、警察は咬み痕のことを知りませんでした。私を含め消防団の者たちは、あれを見て騒然としたのですがね、ご遺体が運び出されていくときには、咬み痕はすっかり消えていたのです。剣呑《けんのん》なことはまだあって、山火事の予言についても食い違う証言を聞きました」

「ふむふむ、興味深いですねえ」

熱心にメモを取りながら、小林教授は鉛筆の芯《しん》をちびりと舐《な》めた。

「恩師の著書によりますとですねえ、春彼岸の頃に山火事があり、村は焼けるが学校と神社は焼け残るという予言があって、村人はそれを知っていたから学校に避難して難を逃れたと。違うのですか？」

「分校と神社が焼け残るというのはその通りですが、狗場杜の衆に与えられた予言では、山火事が起きるのは彼岸ではなく、四月初めとされていたそうです」

それはどういうことだろう。春菜は仲間たちの表情を窺ったが、コーイチは首を傾げているし、小林教授はメモを取るのに一生懸命。仙龍だけが、じっと宮司を見つめていた。

しばし後、仙龍は静かに言った。

「宮司はもう、気付いておられるんじゃありませんか？　山火事事件の背景を」

春菜は宮司と仙龍を交互に見た。小林教授は顔を上げ、コーイチは鳩《はと》が豆鉄砲を喰ったような顔をしている。

「はて、背景と……いいますと……」

窓の外に目をやって、宮司はいささかとぼけて見せる。

仙龍は一瞬だけ目を閉じて、胸に溜め込んだ息を吐いた。

「犬神については、四国の神社で少々話を仕入れてきました。穢れや障りを招き入れてしまった一族が、身の上を呪いながらも犬神を手放せずにいることも、浅はかな契約を結んだ祖先を恨んでいることも。犬神を持つ者はそれを自在に操って私腹を肥やすなどといわれていますが、人を呪わば穴二つ、而《しか》して実際に苦しんでいるのは、犬神を持つ彼らのほうだそうですね」

工事現場から運び出されていったずりのことを、春菜は思い出していた。つぷつぷと呟かれていた怨みの声、屍《しかばね》となって荷台に積まれた夥しい頭。あれは生け贄にされた者ではなく、自らを犠牲にして犬神を遺棄した一族の者だったのだろうか。

殖えすぎた神を持て余し、遠く信州まで運んできた神人らは、神を崇めていたのではなく、心底疎《うと》んでいたのではないか。

なんとなく、そんなふうに思えたのだった。

「ここから先は俺の勝手な想像ですが」

と前置きをして、仙龍は宮司の顔色を窺うように前のめりになった。

「犬神は予言するといわれます。それによって誰かの富を付け替えたり、災害を知ることで買い占めをして、富を増やすことさえできると」

「いかにも左様」

宮司は低く頷いた。

「けれどもそれは穢れた予言。根底にあるのは私利私欲です。誰かを不幸に貶《おとし》めて、その幸運を盗み取るだけのこと。それゆえ周囲から恐れられ、疎まれてきたといわれます。事実、狗場杜に生まれた者は、村を出たら帰ってこないと聞きました。ならばあの晩、村長の屋敷に一族が集まっていたことが、そもそも不思議ではないですか。

俺はこう思うんです。村長は、春彼岸に山火事が起きて村が焼失するという、真の予言を知っていた。だが、村人には期日を偽り、敢えて家族を呼び寄せた。狗場杜を根絶やしにするためにです」

「おぉ？」

小林教授が小さく叫ぶ。興奮した声だった。

「そうか……そういうことだったんですねぇ。それなら意味が通じます。嘉見帰来と名付けた場所に神人が住んだ理由はつまり、そういうことだったんですよ」

教授は腰を浮かせて手拭いを取ると、忙《せわ》しない様子でメガネを拭き、ついでに額の汗も拭った。興奮で頬を上気させている。

「教授と仙龍がわかってるだけでしょ。そういうことって、どういうことよ」

春菜が下唇を突き出すと、小林教授はメガネを掛けて、体を春菜のほうへ向けた。

「言いましたよね？　犬神を切り離すには、ご神体を山に埋めるしかないと」

仙龍の向こうに座っているので、覗き込むように上半身を屈めている。

「狗場杜はおそらく、犬神を祀るためではなくて、葬るための村だったのですよ。殖えすぎた神を抱えてさすらい、捨て場を求めて山奥に流れ着き、それでもあの場所で隠遁《いんとん》生活を続けてきたのは、やはり祟りを恐れて処分できなかったからでしょう」

「どうしてそう思うんですか？」

春菜が訊くと、教授は、

「ひとつには、名前です。名前なんです」

と、興奮して答えた。

「いやはや。仙龍さんの話を聞いて腑《ふ》に落ちました。いいですか？　村長の一家には、同じ名前を持つ者が三人もいたんです。いえ、音を聞いただけでは気付きません。新聞に載せられていた名簿は当て字になっていて、余計に気が付きにくいのですが、恩師が書いた本には、ですね、この三名が同じ文字を使った名前だったと書かれています。先ず、亡くなった村長の名前は『ふるい』さん。漢字は『作古』と書きます。この『作古』というのが問題でして、日本では自我作古《じがさっこ》などといって、自らが手本となって歴史を作るというような気概を表しますけれど、蠱毒が渡ってきた中国では、作古は身罷《みまか》る、つまり死を意味する言葉なのですよ。先ほどのサク坊ことサクゾウくんも作古、村長の嫡男、つまりサク坊のお父さんの名前もサクヲ、文字は」

「同じなんですか？」

小林教授は頷いた。

「狗場杜独自の風習だった可能性もありますが、彼らは生まれながらにして自らを死なせ、犬神を葬る使命を持っていたのではないでしょうか。そうかといって、犬に咬まれた苦しみを得て死ぬのは辛い。結果として何世代か命をつなぎ、使命についてはそれを名前に残すなどして、綿々と語り継がれてきたと思われる。狗場杜に持ち込まれたご神体も、一体ではなく、複数だった可能性もありますしねえ」

「え、え？　つまり、どういうことっすか？」

今度はコーイチが身を乗り出した。仙龍が言う。

「村長が狗場杜を束ねていたことは想像に難《かた》くない。敷地内に住む二軒もまた、郷里から村長に付き従って来た者だろう。だが、世代を経て人口は増え、狗場杜はまたしても集落になってしまった。犬神を持つ家には、代々伝わるご神体がそれぞれにある。細長い桐の箱に納めたミイラのようなものだという。狗場杜の噂を知った者が犬神を捨てに狗場杜へ来て、捨てきれず、嘉見帰来一帯に新たな犬神の村を形成したんだ。村長自身はご神体を集めて屋敷に保管していたようだが、実際には隠し持つ者がいたのだろう。なぜなら、村のほとんどは助かったのだから」

「山火事は自然災害だったのよ」

「村長にとって重要なのは火事そのものではなく、あの一帯が焼け落ちることだった」

「そうですそうです。だからこそ、その日を決行に選んだのですよ」

「俺にはまだよくわからねえっす」

「私もよ」

「彼岸の未明に火事が起きると知った村長は、ついにその晩、ご神体をすべて葬ると決めたのですよ。それをするのは命がけですから、蠱毒を浴びて死ぬことも覚悟しました。けれど、それだけでは根絶できない。犬神憑きが死ねば犬神はその子に憑くわけですから。だからこそ家族を呼び寄せて酒宴を開き、薬を飲ませて眠らせました。而《しか》して自分はご神体を狗墓へ埋めて屋敷へ戻った。どんな祟りが起きようと、犬神が憑いて戻ろうと、その晩に村は消滅してしまう予定だったからです」

「集団自殺……」

春菜は思わず呟いた。そして、その閃きに戦慄した。

「村全体を巻き込んだ集団自殺だというんですか？　犬神を滅ぼすために、犬神の予言を利用した？　一人残らず焼け死ぬことを期待して」

「そう考えると辻褄が合いますねえ。ご神体も、犬神も、犬神憑きの村人も、すべて炎が一掃してくれるということですから」

小林教授が説明すると、宮司が続けた。

「やはり先生もそう思われますか……いえね……儂の親父も同じ推理をしておったのです。少なくとも村長一家は火事で死んだわけではなくて、犬神の祟りで死んだのではないか。家族の者らは実家へ招かれ、寝入った後で白装束に着替えさせられたのだろうと。村長に近かった離れの家の者たちは、山火事が起きるのは四月初めだという村長の予言を信じていたので、警戒せずに寝入ったのだろうと」

「じゃ、他の人が避難できたのはどうしてよ」

「別の犬神の仕業だろう」

　仙龍は言う。

「犬神は狡猾《こうかつ》な神だ。憑く相手がいなければ存在できない。だから、ご神体を隠し持つ者に予言を与えた。実際に山火事が起きるのは彼岸であって、村長の言葉は真っ赤な嘘だと」

　村長は山火事を利用して犬神の村を消そうとした。忌まわしい憑き物もろとも、大人も、子供も、何もかも、一切を灰にしてしまおうとした。

　生まれながらに作古という名を与えられ、使命を教え込まれて育ったからだ。犬神憑きの恐ろしさも、呪われた血筋も信じさせられてきたからだ。日の当たらない暗い村。桐箱に納められたご神体。その村に生まれた子供は犬神と契約を結ぶために生け贄を殺し、逃れられない運命を背負う。離そうとしても離れない神。命と引き替えに捨てる神。村には幾つのご神体があったのか。狗場杜の人たちは、どんな思いで暮らしていたのか。

　春菜は、人間によって蠱にされた犬神の、真の呪いを知ったと思った。

「村長はみんなを騙《だま》したのね。いるかいないかわからない憑き物のために」

「なにもかも終わらせようとしたんだろう。いるかいないかわからない憑き物じゃない。盲信する者にとって、それは確かな現実なんだ」

仙龍は静かに言った。

「心は常に揺れ動く、こんなものは迷信だと。けれど実際それを処分する段になれば、恐れと疑念が湧いてくる。本当に大丈夫なのか、もしもこれを始末して、災厄が降りかかったらどうするのかと。そんなものは迷信に過ぎないと、鼻で嗤える者は最初から悩まないし、取り憑かれることもない。けれど不安を感じた瞬間、祟りや呪いは力を持つんだ。長くそれを信仰してきた者なら余計に、呪縛《じゅばく》から逃れることは難しい」

「世の中には、まだまだわからないことがありますからねえ。それを恐れる心もまた、人間らしさだとは思いますが……ねえ」

小林教授はしみじみ言うが、そんな呑気《のんき》な話じゃない、と春菜は反論したくなる。

「けれど本当に恐ろしいのはここからですねえ。なんであれ、村長の思惑は外れてしまい、村の大半は難を逃れた。犬神は生き延びてしまったということになりますか」

ご神体を隠し持っていた者が、その予言によって難を逃れて、犬神は生き延びた。少なくともご神体のひとつは現存する可能性がでてきたということになる。その後、狗場杜は廃村になり、住んでいた者たちはどこかへ消えた。

どこかへ……どこへ？

「宮司さん。集落の人たちはどこへ行ったんですか」

「近在に住む者はおりませんな。まあ、このあたりの人は狗場杜の噂を知っていますから、どこかもっと遠い場所、村の噂など知らない場所へ紛《まぎ》れていったことでしょう」

「現在の風切地区には、まだ分校の建物が残されていますけど」

「あれもトンネルが開通すれば取り壊されて、除雪車の待避所になると決まっております。ここは雪が多いですから、冬期は除雪のための待避所が必要になるのです」

そんな話をしていると、コーイチがふっと顔を上げ、不穏な言葉を口にした。

「あれが掘っちゃいけない山だったってのはわかったっす。あそこには犬神や、それを葬ろうとした人や、生け贄なんかも埋まってんのかもしれないし、工事そのものが凶事だってのも納得するっす。春菜さんが調べてる女性二人が亡くなった件も、山に手をつけた祟りかも。でも、俺的にちょっと不思議なんすけど、そんならいったい誰の予言なんすかね？　トンネル工事の現場で大きな事故が起きるってのは。つか、ああいう工事は、予言を含めて犬神を祭神に祀るんすかね」

「予言じゃなくて噂でしょ」

春菜はコーイチの言葉を修正したが、「いや」と、仙龍は短く言って、しばし考えた後、初めて春菜を振り向いた。吸い込まれるような瞳に自分が映る。あまりにも無防備に仙龍を仰ぎ見る顔だった。

「コーイチが言うように、それも予言かもしれないな。俺も、ただ単純に、嘉見帰来山に触れた障りだろうと思っていたが、ならばなぜ、相手は工事関係者や責任者ではなく、事務員やパートの女性だったのか」

「だからそれは偶然でしょ。一人は事故だし、一人は……」

山で迷って、低体温症で亡くなったのだ。

「……変ね」

と、春菜は首を傾げた。

「何がだ」

「進藤さんは食堂のパートで、現場近くの山で亡くなった。山菜のシーズンだったから、夕飯のおかずでも採りに入ったのかと思っていたけど……」

——二人とも、亡くなる少し前に、高沢さんと同じことを言ったのよ。黒くて大きな犬を見たって。その犬が、まわりをうろついているんだって——

春菜は笠嶋の言葉を思い出していた。あれは真っ黒で大きな犬だった。たてがみほど長い毛が炎のように揺らめいて、雑木林の中にいた。後ろ足で立ち上がれば大人くらいの大きさがある犬だ。すぐに見えなくなったから、動作もかなり機敏なはずだ。

「……やっぱり変よ、おかしいわ」

春菜は仙龍を見上げて言った。

「現場事務所の近くを野犬がうろついているのよね。パートの進藤さんもその犬を見ていたはずなのに……しかも、あのあたりは昼でも薄気味悪くて、だから、仕事帰りに独りで山へ入るとは思えない。だって、本当に大きな犬だもの。真っ黒で、毛の長い、あんなのに襲われたらひとたまりもないし」

「見たのか」

「見た。といっても階段の隙間からチラッとだけど、太ったサモエドか、ヨーゼフくらい大きかったわ」

「ヨーゼフ？」

「『アルプスの少女ハイジ』に出てくる犬っすよね。セントバーナード犬でしたっけ」

仙龍は呆れ顔で苦笑したが、春菜のほうは大真面目だ。

車で事故に遭った富沢さゆりはともかく、犬を見ていた進藤三咲があんな時間に山に入るのは不自然だ。子供たちの待つ家へ一刻も早く帰りたいと思うならともかく、日暮れ間近の嘉見帰来山は妖気《ようき》漂う不気味さなのに、犬がいるかもしれない山へ、たった独りで向かったなんて。

「つか、それってホントに犬なんすかね」

コーイチがぽつんと呟いて、なぜだか春菜はゾッとした。

「コーイチの言葉にも一理ある。土地の成り立ちを鑑《かんが》みると、嘉見帰来山一帯には狗場杜の神人が残した怨念や妄執が凝《こご》っているはずだ。犬神もまた、拠り所を探して漂っているのかもしれないな」

「それが黒犬に見えたというの?」

訊いたとたんに胸ポケットでスマホが震えて、春菜はビクンとお尻を上げた。

「わ、ビックリした。ちょっといいですか」

誰にともなく断りを入れてスマホを出すと、峯村からの電話だとわかった。今日は遅れると言ってあったはずなのに、なんだろうと電話に出ると、

「高沢さん」

峯村の切羽詰《せっぱつ》まった声がした。

「えらいことになりました。今日はこちらへ来ないでください」

後ろで怒号が飛《と》び交《か》っている。バタバタと尋常ではない雰囲気もする。

「何かあったんですか」

「切羽《きりは》が……滞水塊《たいすいかい》に接触し……出水で矢板《やいた》が破損して、何人か下敷きになったんですよ」

「えっ」

騒音と怒号で峯村の声は切れ切れだったが、恐ろしい事態が起きているのは間違いなかった。何人か巻き込まれたというところだけは、はっきり聞こえた。

「とにかくそういうわけですから、ここへ入ってこないでください。道が狭いので、先ず緊急車両を通さないと」

峯村はそれだけ言って電話を切った。

「どうした」

と、仙龍が訊く。春菜の顔色が変わったことに気が付いたのだ。

「事故みたい」

仙龍は宮司を見た。脇から教授が顔を出し、「本当ですか」と訊ねてくる。

「緊急車両が通れなくなるから、今日は現場に来るなって。詳しいことはわからないけど、水が出て、何人か巻き込まれたって」

緊張が部屋を包むその中で、いち早くサーチを始めたのはコーイチだった。SNSを調べて緊急速報をゲットしようというのだった。

「あやや……さすがに山ん中だから、誰も呟いてないっすね」

「異常出水か」

「異常出水ってなに？」

春菜は仙龍にそう訊ねた。崩落事故とは違うのだろうか。

「ボーリング調査しながら作業していても、稀に地盤の空洞を探し当てられないことがある。地下の空洞には水が溜まっているから、切羽が破れば出水し、水や土砂除《よ》けのために打ち込んだ矢板を破壊して、大量に噴《ふ》き出すことがあるんだ。それが異常出水だ」

矢板は鋼鉄でできた壁なのだ。それが破損して、しかも何人か巻き込まれたなんて。

「どうしようもこうしようも、私たちにできることはありませんが……心配ですねえ」

小林教授はそう言った。

もしかして、昨夜のずりはこのことを予言していたのだろうか。春菜は戦《おのの》く。サニワなのに、不吉の前兆をみすみす見逃して、事故が起きたのだろうかと。

「あ、出たっすよ、消防署の速報に出たっす。風切トンネル工事現場で出水事故発生。異常突出水が斜坑口をオーバーフローして風切川に流出中。現場作業員に負傷者が出ている模様」

「どうしよう……どうしよう……」

春菜はスマホを抱きしめた。いつもそうだ。私は喉元過ぎれば怖さを忘れる。峯村部長に現場へ呼ばれ、仙龍のお姉さんが不吉な夢を見て、笠嶋さんだって忠告してくれたというのに、いまひとつ怪異を信じ切れなくて、ずりが人の頭だったなんて言ったら、部長から馬鹿にされると思って、黙っていた。そして、仙龍の判断に委ねようとしたのだ。

ばかばかばか。卑怯《ひきょう》な春菜。私は真性の馬鹿で、卑怯だ。ずりや狗場杜の事件について、昨夜のうちに峯村部長に報告していたら、事故を防げたかもしれないのに。

「落ち着け。大丈夫だから」

いつの間にか、仙龍が肩に手をかけていた。

「事故はおまえのせいじゃない。噂や迷信で工事は中断できないし、だからこそ、おまえは嘉見帰来山に呼ばれたんだ」

「でも、事故は起きちゃった。遅かったのよ」

「そうじゃない」

仙龍がどう言おうとも、春菜は焦りで全身が震えた。今こうしている間にも、現場で矢板の下敷きになった人がいて、それを救い出そうと奮闘する人がいる。流れ出す汚泥、走り回る人たち、真っ赤な緊急灯が明滅し、サイレンが鳴り響く。

想像の中で繰り広げられる惨劇に、春菜は目眩《めまい》すら感じていた。負傷したのは誰だろう。工事関係者の顔を思い起こしてみたけれど、現場へ行ったのは昨日が初めてで、漠然とした印象以外何もない。ただ一人、灰色の顔をした薄気味悪い男を除いては。

「嘉見帰来山もこの山も、途中まで道は一本ですから、事故なら渋滞していることでしょう。いっそ信濃町《しなのまち》のほうへ抜けてから、戻られたほうが早いでしょう」

宮司が四人にそう言った。

「応援要請が来るかもしれませんのでな。私も村の消防に連絡を」

宮司は立ち上がり、それを機に春菜たちは直会殿を出た。

境内から山向こうを見上げてみたが、さすがにサイレンの音は聞こえない。杉の梢で小鳥が鳴いて、境内は何も知らない参拝者で賑わっている。

そのとき、プロペラの音を立てながら、頭上をヘリコプターが行きすぎた。報道関係のヘリなのか、間を置いてもう一機が飛んでいく。

不安な気持ちで駐車場まで戻ってみれば、車で待つと言っていた雷助和尚の姿はなかった。

「あれれ、和尚はどこ行ったんすかね」

車内を覗いてコーイチが言うと、「あそこだ」と仙龍は、駐車場の奥にある公衆トイレに目を向けた。木造瓦葺きの豪奢《ごうしゃ》なトイレは庇の下にベンチがあって、参拝者が休めるようになっている。そのベンチに和尚は腰を掛け、登山姿の中年女性二人を相手に馬鹿話をしているのだった。女性らと和尚の笑う声が、風に乗って聞こえてくる。

「和尚ってば……借金取りは怖くても、女の人には勝てないんすね」

呆れたようにコーイチは言って、和尚を呼びに走っていった。

仙龍は、残された春菜と小林教授を振り向いた。

「起きてしまった事故は如何《いかん》ともし難いが、やはりこのままでは拙《まず》いだろう」

「そうですねえ。犬神の山ならば、トンネルが通った後も、様々な障りが起きるでしょうから」

「さて、どうするか」

春菜は会話に加わらなかった。救助が遅れて今しも死人が出るかもしれない。そのことが、不安で心配で堪《たま》らないのだ。コーイチが和尚を引っ張ってくるのを見ると、ヨレヨレの法衣が風を孕《はら》んで妖怪《ようかい》のようだ。

春菜は自分でもSNSをチェックしてみたが、情報は更新されていなかった。その代わり、井之上からメールが入っていたのに気付く。

――高沢は大丈夫か？　連絡乞《こ》う　井之上――

峯村から電話を受けるより前に、すでにメールが来ていたらしい。春菜は井之上に電話した。

「お。無事だったか」

開口一番、井之上は言った。

「私は大丈夫です。ちょうど今朝は鐘鋳建設さんと九頭龍神社へ寄ることになっていて、だから現場事務所へは出勤していないんです」

「仙龍さんと一緒なのか？　じゃあ、何かわかったんだな」

春菜は仙龍の顔を見た。

「わかったと言えば、大変なことが……電話で話すには長すぎて」

井之上は少し間を置いてから、「そうか」と言った。

「それより事故のことですが」

「そうなんだ。トンネル内に高沢がいるはずないとは思ったんだが、おまえのことだからもしかして、内部を見学させてもらっているんじゃないかとか、いろいろ考えてしまってな。大した事故にならなくてよかったよ」

ヘリの姿は見えないが、駐車場の空にプロペラの音だけが響いている。

「状況を知っているんですか？　私のところへは峯村部長が電話をくれて、今日は現場へ出てくるなって」

「だろうな。それに、しばらく通常の工事にはならないだろう。土砂も流出したろうし、強制的に揚水しなけりゃならないだろうし、現場検証も必要だろう……そうなると、事務所の内部もゴタゴタする。しばらくこっちへ帰ってくるか？」

「いえ」と春菜は即座に答えた。

「やりかけなんです。最後までやらせてください、お願いします」

井之上は「ふうむ」と言った。

「実はな、こっちにも、高沢にしつこく電話があってさ。誰だと思う？　長坂建築設計事務所の長坂所長からなんだ」

「げ」

と春菜は呟いた。はしたないと思われようが、長坂に対する素直な反応がそれだった。

「クライアントに向かって『げ』はないだろう」

「出向してラッキーだったと、今、初めて思いました。高沢は死んだと伝えてください」

「縁起でもないことを言うなよ」井之上は苦笑して、

「まあ、じゃ、先生にはこっちで対処しておくか」と言う。

「あと、轟が、名刺の件はどうなったかと訊きに来たぞ」

それはたまむし工房のことである。今の今まで頭から抜け落ちていたけれど。

「たまむし工房さんへは昨日伺って、一応話は進めていますからって、轟さんに伝えてください。予算がかなり厳しいけれど、応援したい気持ちもあって、デザインを比嘉さんにお願いしています。なるべく足の出ない方向でやりますから」

「そうか。じゃあ、俺も社長に話して橘高組さんにお見舞いを手配しておくよ。とにかく、死亡事故にならなくてよかったな」

「え。じゃ、矢板の下敷きになったという人は、助かったんですか?」

「たった今テレビに速報テロップが出た。負傷者は三名。命に別状ないそうだ」

「……よかった……」

春菜はへなへなと仙龍の車に背中を預けた。

よかった。本当によかった。

無意識のまま激しく緊張していたようで、力が抜けたら、いきなりお腹が空いてきた。

負傷者は助かったようだと仙龍に告げると、事情を何も知らない和尚が、

「それはそれは何よりじゃのう」

と欠伸《あくび》した。生臭坊主のいい加減さに呆れながらも、春菜は涙が出そうになった。

「よかったっすねー。春菜さん真っ青になってましたもん」

コーイチがヘラリと言う。

「うそ……私、そんなに酷い顔してた？」

訊くと小林教授はコクンと頷き、仙龍は呆れたように見下ろしてきた。

「おまえのほうが倒れそうだった。気持ちはわかるが俺たちだって万能じゃない。できることをやるしかないんだ」

「左様左様。然《しか》らば先ずはできることをやるとしようかの」

和尚は両手を揉みながら、

「拙僧は腹が減ったぞ」と仙龍を見た。

少し後、春菜たちは九頭龍神社の対面にある『蕎麦《そば》会館』なる施設にいた。このあたりは標高が高いので米が育たず、昔から蕎麦を栽培してきたのだという。山の湧き水が清涼だったこともあり、神社周辺はそば処《どころ》として有名だ。蕎麦打ちができねば嫁にはゆけぬといわれるほど蕎麦はこの地に根付いていて、周辺に生まれた者はほとんど蕎麦を打てるという。蕎麦会館はそんな地元の主婦らが運営する店で、貴重な地場産そば粉を使って主婦が手打ちしたそばを安価に食することができるのだ。

神社境内を望む客席で、もてなしの漬物とそば茶を飲みながら、春菜らは頭を寄せ合っていた。話は風切トンネルから障りを祓う妙案についてで、嘉見帰来山の因縁を知れば知るほど、どうすればいいかわからない。

「和尚が供養すればいいんじゃないっすか」

「莫迦《ばか》を言うでない」

最初にコーイチがした提案は、和尚が即座に却下した。

「魂が成仏を望めばこそ、経も供養も力を持つもの。而してあの山に埋もれておるのは、人の我欲が生みだして、力を与えた憑き物ぞ。その発源は穢れの極み。御仏の力にすがるわけもなし。嘉見帰来は神嫌い。清浄をとことん厭《いと》う性分ゆえな」

「んじゃ、どうすればいいんすか？　そんな場所を通過するトンネルなんて、危なっかしくって使えないじゃないっすか」

「たしかに、ですねえ。様々に噂のある場所は、やはり事故も多いようですし、宮司さんの話からして、あの山に手をつけたのは剣呑だったと言わざるを得ませんが、お役所はそんなことを気にしてもいられないわけでして」

「だが、風切地区にトンネルを通そうと思ったら、やはり嘉見帰来山になっただろうな。現在の祖山トンネルは古い上に車のすれ違いができないし、そもそも接続道路が狭い。風切なら道路の拡幅工事も可能だし、そういう意味では選択に不備はないともいえる」

「因縁を除いてはのう」

そう言って、和尚は野沢菜漬けをバリバリ嚙んだ。深刻な話をしているというのに、どうもこの坊主は真剣みが足りないようだと春菜は思う。

「あのあたりは山ばかりですからねえ、トンネルなしには立ちゆかない事情もありますし、そういう意味では、昔ながらの手掘りのトンネルが、けっこう廃トンネルとして残っています。心霊スポットなんぞと呼ばれたりもしているようですが」

「出るんすか?」

コーイチは胸の前で両手をブラブラさせた。

「まさか。ただの噂でしょう」

小林教授は笑ったが、和尚はそば茶を飲みながら、「そうとも限らん」と言う。

「水や空気が淀《よど》む場所、湿って暗いところには、厭な霊気が吹きだまるからのう。一見して気味が悪いと思った場所には近寄らぬのが利口というもの。人に居心地の悪い場所ほど、悪鬼や瘴気《しょうき》が好むゆえ」

「なら、あの山は絶好の棲処《すみか》かもしれないわ。気味の悪い場所だもの。それとも、アレを捨てたから気味悪い感じになったのかしら」

話しているうちに蕎麦が来て、五人は食事を始めた。清流の水でしめた蕎麦はシャッキりとして、濃い鰹出汁《かつおだし》のつゆと相性がいい。山わさび、おろし大根、いりごまにさらしネギ、薬味も地場のものだというが、蕎麦は蕎麦だけで味わってのち、薬味入りのつゆにそば湯を入れて頂くのが春菜の流儀だ。そば粉と水が生み出すシンプルな食べ物は、体内に清流が流れる気持ちにさせる。

「ひとつ妙案が浮かんだ。と、言ったらどうだ？」

蕎麦猪口《ちょこ》にそば湯を注ぎながら、誰にともなく仙龍が言う。

「ほう」

和尚はまた野沢菜をつまみ、自分のそば湯に七味を足した。備え付けの七味は無料だからと、真っ赤になるほど振り入れている。

「和尚、いい加減にしておけよ」

仙龍は和尚から、ひょうたん形の七味入れを取り上げた。

「まだここでいただくだけいいですよ。昔の和尚なら箸袋に七味を入れて持ち帰っていたでしょうから。まあ、その気持ちもわかります。信州の七味は美味しいけれども若干高価ですからねえ」

小林教授は飄々と笑うが、春菜は恥ずかしさに周囲を見回し、声を潜めた。

「っていうか、仙龍の妙案を聞きましょうよ。ケチ臭い和尚は放っておいて」

「色欲物欲強欲は人の業。それを知らずに因縁が解けると思わぬことだ」

「今さらカッコいいこと言っても無駄よ」

「もういいっすから、社長の話を聞きましょうって」

仙龍は呆れて笑った。

「和尚。嘉見帰来山を廃トンネルへ曳くのはどうだ」

「はて、これは異なことを。どでかい山をどうやって曳く」

「小山を造ってなぞらえればいい」

仙龍はすまして言うが、春菜には意味がわからなかった。

「なぞらえるって?」

すると教授が手拭いを取って、自分のメガネを拭き始めた。フレームの丸さに沿うように、丁寧に布を動かしながらゆっくりと言う。

「なぞらえるとは、別物に比べる、譬《たと》える、似せることなどを言いますがねえ。この場合は、代替させるという解釈が近いでしょうか。小泉八雲の怪談に『鏡と鐘』という話がありまして、撞き割ることができれば富を得るが、その実は女の怨念がこもる無間《むげん》の鐘《かね》の話です。この鐘は忌まわしいとして池に沈められてしまうのですが、後に一人の男が、撞くことのできなくなった鐘を泥でこしらえ、無間の鐘になぞらえて叩き割るのですよ」

「その話、聞いたことがあるっすよ。すると幽霊が出て来て、熱心な願いを聞き届けたとか言っちゃって、何か入った甕《かめ》をくれるんすよね」

物語はともかく、春菜は仙龍の言わんとすることに予測がついた。

「嘉見帰来山になぞらえた山を造って障りを写し、廃トンネルへ曳いていくって言っているのね。そうすれば、犬神は嘉見帰来山からいなくなる」

「そうだ」

仙龍の答えは明解だった。

「本当にできるの、そんなこと」

「どう思う?」

仙龍は生臭坊主に目を向けた。七味入りのそば湯をたらふく飲んだ雷助和尚は、額に汗を浮かべて「ううむ」と唸った。

「また突飛な策を考えたものじゃのう。不可能ではないやもしれぬが、あの山になぞらえるなら、あの山の土がいる」

「土なら手に入るわよ。だって、掘削した土を運び出しているんだもの。トラックで隣町の土捨て場へ運んでいるの」

「そっすよね。んじゃ、工事会社に話を通して、土をもらえばいいんじゃないすか?」

「運び出されていく土が人の頭に見えたそうだから、ただの土より効果はあるだろう」

その通りだと、春菜は和尚に頷いた。

「人の頭か……それもまたおぞましいことよのう……しかし、此度《こたび》の相手は憑き物で、死《し》人《びと》ではないからにして、儂では成仏させられぬ。仙龍が言うように、障りは祓うのではなく封印するしかあるまいのう」

和尚は少し考えてから、

「山の憑代《よりしろ》は土として、肝心の犬神はどうするつもりだ？」

と、仙龍に訊いた。

「ご神体なしに山の障りを集めることは難しかろう。土は土であるからにして、瘴気の拠り所にはならぬゆえ、ご神体がなければ犬神を何かに憑《よ》らせるしかないが、導師であるお主《ぬし》に犬神を憑けるわけにもいくまいよ」

「そんなことしたら棟梁が黙ってねえっすよ」

細い目をかっぴらいてコーイチが和尚に詰め寄る。仙龍は腕組みをして考えていたが、しばらくしてからこう言った。

「登ってみるしかないだろう」

「え、え？　登ってどうするっていうんすか。まさか、ご神体を掘り起こすんすか」

「そんなの無理よ。五十年以上も経っているんだし、ミイラが残っているとは思えない」

小林教授も同調した。

「そうですよねえ。むしろ、それだからこそ、土に怨念が染み入っているのでしょうし」

「掘り起こすとは言っていない。だが、あの山には何かあるはずだ。墓碑でも供養塔でもなんでもいい。村長に隠してまで守ったご神体が、まだどこかに存在しているとしても、神人の末裔を探す術もなし、新たにご神体を作ることもできない。ならばご神体を埋めた場所から某《なにがし》かを持ち帰り、それを形代《かたしろ》として犬神を憑けるしかないだろう。要は嘉見帰来山から写しの山へ、犬神を移動できればいいはずだ」

「どうやって移動させるの？」

最後のそば湯を飲み干すと、仙龍は会計伝票を持って席を立った。春菜たちも続いて店を出て、再び九頭龍神社の鳥居の下に集まった。脇に千年杉がそそり立ち、広い木陰《こかげ》を作っている。爽やかな風に混じって、七味で汗だくの和尚が臭う。春菜は和尚からそっと離れて、コーイチの横に移動した。仙龍が言う。

「犬神。犬神を捨てて死んだ人間。そして生け贄。嘉見帰来の土には因縁の塊が染みている。それらはすべて蠱毒であって、人ではない。だとすれば、蠱を誘うようにして形代におびき寄せることもできるはずだ」

「なるほどですねえ。犬神に憑かれた場合は、筋の者に頼んで迎えに来てもらうのですから、同じようにして蠱をひくことができるかもしれない。たしかにそれは道理ですねえ」

「蠱をひく」

眉根を寄せて春菜は呟く。

「相手は蠱毒ぞ？　使役される体で術者を呪う狡猾さじゃ。仙龍の思惑通りにゆけばよいが、やはりご神体が欲しいところよ。はて、どうしたものか」

和尚がいつになく弱腰なので春菜は心配になってきた。そうかといって狗場杜を去った神人たちの行方は不明だ。それでも仙龍は揺るがない。できることから始めると決めた。

「先ずは狗墓だ。狗墓は蟲の棲処だから、嘉見帰来山の土で山を造って狗墓とする。そして生け贄を埋める。ウサギ、キジ……そのへんは教授が文献で調べてくれるな？」

「ハトとトカゲとヘビもですねぇ」

小林教授はさらりと言った。

「野生動物ばかりね。そんなのどうやって手に入れるのよ」

「地元の猟師に話を通せばよいでしょう。私に知り合いがいますから、その人に訊いてみましょうかねぇ」

「猟師の知り合いなんていいるんすか？」

コーイチが訊くと、小林教授はニコニコしながら、

「それが、いるのですよ。と、いっても彼の本職はライターですが、片手間に猟師見習いをして三年ほどになりますか。本人の腕前はヘッポコですが、彼の師匠に頼めば、なんとかなると思われます」

「人の生け贄はヒトガタを使う。ここの宮司に頼んで泥人形を作ってもらうんだ。そこに俺の血を数滴垂らし、動物の生け贄と共に小山に埋める」

仙龍は、そこまで話して春菜を見た。

「工事現場の責任者に会わせて欲しい。事情は俺から説明しよう」

小山を造って狗墓になぞらえ、それを廃トンネルまで曳いていく。いったいどういうことになるのか、春菜には想像がつかなかった。

「それはいいけど、どうして廃トンネルまで曳いていかなきゃならないの？　小山に犬神を移したら、壊すか燃やすかしてしまえばいいじゃない」

コーイチの向こうから、和尚が首を伸ばして春菜を見た。

「憑き物というヤツは、成仏も、往生することもないのでな。もともと人ではないからにして、人の道理は通じない。壊しても焼いても滅することはできんし、狗墓という拠《よ》り所《どころ》を失えば、むしろ放たれ人に憑く。幸いあのあたりには使われなくなったトンネルが多いと聞く。暗くて狭くて湿り気があって、奴《やつ》らにうってつけの棲処となろう。小山をそこへ曳き込んで、出入り口を封印してしまえばのう。憑き物は、術者なくして人に憑くことはできぬゆえ」

「廃トンネルへこっそり運んで、そこに封印するっていうのね」

「ありますあります」

小林教授は身を乗り出した。

「心当たりがありますよ。即刻、よさげなトンネルを教えましょうかね」

「トンネルの管理って、どこがやっているのかしら。国土交通省？　地元の役場？」

「娘子よ。役人に事情を話してもなあ、協力してはくれまいよ」

　和尚はしれしれとそう言った。

「それじゃどうするの？　曳いていくトンネルが決まったら」

「ですからこれはここだけの、内緒の話になりますねえ。よしんば行政の協力を得られるとしましても、それはそれで面倒臭い。書類を出して許可を待つ……そんなことをしていると何年もかかります。そうなると、とても竣工には間に合いませんねぇ」

　小林教授は胸の前で両手をさすった。

「大丈夫。すでに鉄板で塞《ふさ》がれた廃トンネルがあるのです。あそこなら、心霊スポット巡りの輩が行っても、決して内部に入れませんから」

　それから子供のように首を竦めて、嬉しそうにニコニコ笑った。

「いやぁ興味深いですねえ。寂れたところにあるのですから、人目につくこともないでしょう。血が騒ぐとでも言いましょうか、なんだかんだでワクワクします。隠温羅流でもこれは初めてじゃないですか？　犬神の山を曳くなんて」

「山でも城でも大木でも、曳き屋に曳けないものはない」

　仙龍は小林教授に言って、すぐさま準備に掛かりたいと春菜を見た。先ずは橋高組に話を通して欲しいというのだ。けれども、さすがに今日は事故のことで手一杯だろうから、

春菜は峯村と連絡がつき次第連絡すると約束をした。別れ際、

「魔除けの護符は持っているか」

と、仙龍が訊く。春菜がポケットを叩いて見せると、

「しばらくは離すなよ」

とひとこと言って、また九頭龍神社へ戻っていった。

時刻はまだ昼近く。春菜はたまむし工房のガラス器を届けるために、比嘉の仕事場へ向かうことにした。その後アーキテクツに一旦《いったん》戻り、井之上に詳細を報告しなければならない。今回もっとも重要なポケットパークの設計、デザイン、受注に関しては、事故のことが落ち着いてから時期を待って進めるしかないだろう。いま大切なのは、無事に工事を竣工させることなのだ。

デザイナーの比嘉は長野駅近くのマンションを仕事場にしている。パソコンと周辺機器があればできる仕事だが、自宅で仕事をするとメリハリがつかないという理由で、ワンルームマンションを借りたのだという。近くに美術学校があるため学生の入居者も多いが、実はこのマンションには、カメラマンや版下業者やイラストレーターなどが多く事務所を構えている。春菜は十一階建ての細長いビルに入って、エレベーターを待ちながら比嘉に

電話した。

「比嘉さん？　アーキテクツの高沢です。今、下まで来ているので、たまむし工房さんのガラス器を届けに伺いたいのですけれど」

待っていますと比嘉は言い、春菜はエレベーターに乗り込んだ。

大好きな仕事をしているというのに、春菜の心は嘉見帰来山に飛んでいた。狭苦しいエレベーターボックスの壁を透かして、現場事務所の光景を見る。敷地の奥の広い作業所。ビルほどもある換気の設備。大型機械と、出入りするトラック。ヘルメットを被った作業員や、壁という壁に貼られた安全標語、そして標識。男たちは体の何十倍もある大型機械を動かして、そのまた何倍もの穴を掘る。今日、あの中で出水事故があり、誰かが怪我をしたという。普段は何も考えずに利用していた道路やトンネルは、彼らがああやって造ってくれたものなのだ。

「はあ」

と、春菜はため息をついた。人間ってすごいなあと素直に思う。それなのに、どうして他の生き物にすがってまで、蠱毒なんてものを生み出したりもするのだろう。

「謙虚さが足りていないのよ」

誰にともなく呟いたとき、チン、と音がして扉が開いた。

細長い通路に並ぶ部屋のひとつが比嘉のオフィスで、春菜は部屋番号を確認して呼び鈴を押した。ドアが開き、中へ通される。狭い玄関の奥がすぐ部屋で、デスクひとつと本棚ひとつ、あとは二人掛けソファを置いて、比嘉は仕事をしていた。来客用のスリッパは一足だけあるが、二人以上来たときは出さないのだという。

「独立したばっかりなんで、仕事場を借りるのも贅沢《ぜいたく》かと思ったんですが、住んでいるマンションも狭いので、夜中まで仕事していると、妻が気になって眠れないから」

丸顔に笑みを浮かべて言う。春菜はありがたくスリッパを履き、シンプルながらも雑然とした雰囲気のオフィスを見た。デスクに並ぶ色刷り見本、ノートパソコンはマッキントッシュで、スキャナ、プリンタ、DTP関連の書籍が並ぶ。

「比嘉さんはご結婚されていたんですね。前はどんなお仕事を？　もともとデザイン会社にいたんでしたっけ」

社交辞令で訊ねると、

「いえ。もとは記者をやっていたんです」と、比嘉は言う。

「朝賣新聞の社会部で」

「記者さんだったんですか。どうりで……だから朝賣新聞さんが、弊社に比嘉さんを紹介してくれたんですね」

簡易キッチンの電気ポットで湯を沸かし、マグカップにインスタントコーヒーを入れながら、比嘉は「ええ」と、愛想笑いした。

「と、言っても、何でもやっていたんです。地方の記者はなんでもやらないとね。紙面を埋めるための広告とか、あと、小さな記事とか、カットとか、そんなことをやっているうちに、専属デザイナーみたいになっちゃって」

「どうしてデザイナーに転身を？　やっぱり仕事がきついからですか」

「やあ、仕事がきついのは今もですけど、一番は、どうだろう……」

比嘉はブラックコーヒーを入れたマグカップを春菜に渡して、

「子供ができたからかなあ」と、笑った。

「それはおめでとうございます。ていうか、比嘉さんは優しいお父さんになりそうね」

勧められてソファに座り、春菜はガラスの花器を取り出した。

「それでは早速ですけれど、たまむし工房さんの作品を見てください」

比嘉はその愛らしさを褒め、デスクからラフスケッチを取ってきた。

ビジュアルで玉虫をイメージさせるもの、平仮名文字の愛らしさを前面に押し出したもの。どれも制作者の太田本人や、工房の雰囲気をよく捉えている。春菜は比嘉のセンスを褒めて、ラフスケッチの状態で太田に見せたいと提案した。

「この中からイメージに合うものを選んでもらって、あと、要望もあれば聞いてきます。そのほうが、作成がスムーズに行くと思うから」

「そうですね。こちらもそのほうがありがたいです。でも、せっかくだから、ちょっと手直しさせてください。実際にガラス器を見たら、この雰囲気を取り込みたくなりました」

比嘉はラフスケッチを手に取ると、鉛筆でスケッチの上から修正をはじめた。線に線を重ねて、太田が作るガラス器の愛らしさを加筆していく。比嘉の生み出す世界を眺めながら、春菜はインスタントコーヒーを飲んだ。

「記者さんだったということは、記事も書いていたんですよね」

「そうですよ。本当につい最近まで、社会面の記事を書いていました。両方を掛け持ちしていたんです。そうだな……最後に書いたのは嘉見帰来山の」

「えっ」

春菜はマグカップを落としそうになって、両手で握った。

「低体温症で亡くなった女性の記事？　それとも、事故のほう？」

「ああ、ご存じだったんですね」

比嘉は顔を上げて春菜を見た。

「どちらもぼくが書きました。取材したことの半分も書かせてもらっていないけど」

春菜はソファから身を乗り出した。

「進藤三咲さんと、富沢さゆりさんの記事ですよね」

「まさか二人とお知り合いだったんですか」

これ。と言って、比嘉は修正したラフスケッチを渡してきた。春菜はそれをテーブルに置き、先ずはスマホの写真に収めた。この足でたまむし工房へ行き、どの案でロゴを起こすか決めなければならない。

「不幸な事故でしたけど、立て続けに同じ地域で人が亡くなるなんて、あまりないことですからね。それに、二人とも最初は行方不明だったから、そのときも、家族から情報が欲しいと言われて記事にしたので、余計に気持ちが入ったというか……現場へも行ってみたし、第一発見者から話を聞いたりもしたんですけど」

「ありがとうございます」

比嘉にラフスケッチを返してから、春菜は訊ねた。

「第一発見者はどんな話をしていましたか？　いえ、私は二人と一面識もないんですけど、偶然にも橘高組さんからお仕事の話が来てですね。営業を担当しているんです」

「橘高組といえば、未明に事故があったんじゃないでしたっけ、風切トンネルで。実は、二人ともあそこの現場事務所に勤務していたんですよ。やっぱり何かあるのかなあ」

比嘉は胡乱《うろん》に目を細め、自分のコーヒーをグビリと飲んだ。

「やっぱりって？」

「うん。それが……」

こういう話を受け入れる人か、そうではないのか、比嘉が探るような目を向けたので、春菜は頭を回転させた。

「風切地区は気持ちの悪い場所ですよねえ。現場事務所は昼でも日が当たらないっていうか、空気が淀んでいるっていうか、あんなところにトンネル通して、大丈夫なのかなって思うんですけど」

「そうなんですよね。ぼくも現場へ行って思ったのは、あんなところで道に迷うものかなって。後から亡くなった進藤三咲さんなんですが、お住まいが中尾根《なかおね》なんですよ」

「中尾根って、風切の手前の集落ですよね？　四出《よつい で》の先の、リンゴ畑がある」

「そう。まあ、お嫁に来たから知らないっていえばそれまでだけど、中尾根あたりは明るくて、日本の里山の原風景みたいな雰囲気があるけど、風切はなんというか、雰囲気があまりに暗いでしょ？　仕事帰りに独りで山に入るような感じのところじゃないし」

「そうですよね。でも、進藤さんが亡くなったのは遊歩道とかだったんじゃ？」

「いや、廃校の裏ですよ。廃校からちょっと下がって、また上って、知らないかなあ、昔は神社があったみたいで、今も鳥居だけ残っているけど」

「知っています」

葉のない木々を透かして、山肌に寂れた鳥居が見えるあたりだ。

「その、ちょっと陰になった崖下で亡くなっていたそうです。あっちに人が行くはずないと思って、それで発見が遅れたみたいで。廃校のグラウンドが駐車場に使われているんだけど、彼女の車が駐まったままだったから、いなくなるならその周辺だろうと、鳥居のほうまでは捜さなかったみたいです。それに、車のキーがグラウンドの隅に落ちていたって。怪しいなあとは思ったけど、警察が事件じゃないって言ってるんだから、そうなんでしょう」

あんなところに山菜はない。今現在でも木々がようやく芽吹いたところなのだから。

「どうしてそんなところへ行ったのかしら」

「そこなんですよね」比嘉は首を傾げてから、

「気味の悪い話がありまして、こういうの、高沢さんは大丈夫ですか？」と、訊いた。

「全然平気。むしろ興味があるくらい」

極力明るく答えると、比嘉は微かに苦笑した。あのですねと、身を乗り出して、

「崖から転落して亡くなった富沢さゆりさんなんですが。彼女も、事故から数日経って沢で車が見つかったんですよ。発見したのは渓流釣りに来た男性ですけれど、富沢さんのご遺体は、車とは離れた場所にあったそうです」

「投げ出されたってことですか」

「うーん……どうもね、そういう感じじゃなかったそうで。車が落ちたときは生きていて、動物に追われて逃げたんじゃないかって」

二の腕にざわりと鳥肌が立った。

「動物って……何の動物？」

「わからないんですが、その人が言うには、狼か、イタチか」

「もしかして犬じゃないですか」

と、春菜は言った。

「現場事務所の周辺を、真っ黒な犬が徘徊しているんです。進藤さんも駐車場でその犬と遭遇して、鳥居のほうまで逃げたとか」

「犬？　それ、本当ですか」

「見たのは一度だけだけど、すごく大きな犬だったから」

「そうか……そうだったのかなあ」

比嘉は腕組みをして頷いた。

「高沢さんの言う通りかもしれないなあ。いやね、第一発見者が言ってたんですよ。あれは事故で死んだんじゃない。動物に咬み殺されたんだって」

春菜の脳裏に浮かんだのは、狗場杜の村長一家の死に様だった。燃え残った遺体に咬み痕があったという宮司の言葉。警察が遺体を運び出したとき、なぜかそれが消えていたことも。

「警察にもそう証言したし、警察はご遺体の検視もしたはずなのに、なかったことにされたって。いや、実際ぼくもね、話を聞いて警察に問い合わせたんですが、そういう事実はないと回答を受けまして、それで、その件は記事にしませんでした。でも、もしも、本当に野犬の被害に遭ったとしたら、それは知らせておかないとマズいんじゃないのかなあ。四、五、六月は、山菜採りのシーズンなんだし」

というか、それは本物の犬なのか。春菜は階段の隙間から見た光景を思い出していた。雑木の間をゆく黒い影。長い毛を風になびかせていたあれは……。

「犬に見えたけど、犬じゃない」

「え、なんですか？」

太田のガラス器を引き寄せて、春菜はそれを丁寧に包んだ。

「今からたまむし工房さんへ行ってきます。ラフスケッチの件は、確認してから電話しますね。上手く方向性が決まるといいけど」

春菜が突然話を打ち切ったので、比嘉は面食らったように「はい」と、答えた。春菜は立ち上がって比嘉を見下ろし、「比嘉さん。ありがとう」と、礼を言った。

「ああ、いえ、こちらこそ」

その悪意のない顔に救われる。

こういう性格の比嘉だから、ほのぼのとした器を作るたまむし工房とは相性がいいだろう。比嘉がデザイナーに転身してくれて、あれ以上嘉見帰来山に関わらなくてよかったと思った。女性二人の事故に興味を持って、さらに首を突っ込んでいたら、比嘉も犬神を憑けられていたかもしれないのだから。

比嘉の事務所を後にして、春菜はたまむし工房へ向かった。

ガラス器を返し、スマホでラフスケッチの写真を見せると、太田はとても喜んで、即決で平仮名のロゴマークを選んだ。加えて欲しいアイテムはあるか、修正の希望はあるかと最小限の意向を訊ねて、再びそれを比嘉に伝え、春菜はアーキテクツへ報告に戻った。

工房を出るとき、自分も太田のガラス器をひとつ購入したいと思った。

この場でそう伝えれば、太田がいらぬ気を回すだろうから、納品と集金が済んでから改めて客になることにしよう。広告代理店の営業を務めて数年。なにひとつ知らなかった自分も、こうやって誰かに応援されて、成長してきたのだと春菜は感慨深い。手探りで大海を行くような太田のたまむし工房を、起業したばかりの比嘉と一緒に応援できてよかったなとも思っていた。


アーキテクツに戻れたのは夕方のことだった。

たまむし工房を出てから、春菜はさらに印刷会社へ足を運んで、名刺用の紙の見本と、様々なタイプの名刺サンプルを検討していたからだ。太田のように、営業で数多く名刺を撒く必要がない場合、作品やプロフィールなどを紹介できる二つ折りタイプの名刺を作り、カタログ代わりに使うという方法もある。別途に印刷物を作るより安価だし、購入した器に付けてあげれば宣伝効果も期待できる。名刺サイズのかわいらしいカードが付いてくれば人はそれを無下にできず、次の誰かに渡してくれるかもしれない。轟にも進捗《しんちょく》状況を報告しなければと、あれこれ考えながら車を降りて、春菜は自分のデスクに向かう。

春の宵はまだ明るくて、オフィスから洩れる明かりが『お帰り』と言っているように感じられた。たった二日留守にしただけなのに、会社が恋しい。軽い足取りで階段を上り、「お疲れ様」と言いながら営業フロアのドアを開け、そうして春菜は動きを止めた。

「あれ、春菜ちゃん」

ド派手なピンクのシャツに紫色のネクタイ、白いパンツ姿の男が井之上と並んで立っている。四角い顔に、飛び出し気味の大きな目、長坂建築設計事務所の長坂金満所長であった。

「嘘つきだなあ井之上くんは。春菜ちゃん、ちゃんといるじゃない」

長坂は誰の前でもお構いなしに相手を責める。井之上は、『マズいときに帰ってきたな』という顔で春菜を見た。おそらく、高沢は不在だと言って長坂を追い払おうとしていたのだろう。祟りより、障りより、幽霊よりも、春菜はこの男が嫌いであった。

長坂はもう井之上には目もくれず、ツカツカと春菜のほうへ歩いてきた。受付の事務員が、コソリと春菜に首を竦める。仕方がない。春菜は息を吸い込んで、

「長坂所長。お久しぶりです」と、頭を下げた。

「お久しぶりじゃないでしょう。電話しても出てくれないし、井之上くんに訊けばいないと言うし、すっかり嫌われたかと思っていたよ」

その通りです。と言うわけにもいかず、春菜は、

「会社にいなかったのは本当ですよ。しばらく現場に出ることになって」

と、わざとらしい作り笑いを長坂に向けた。

「現場。ふふふーん。また何か、大きな仕事を嗅《か》ぎつけたんでしょ。わかっているよ」

鼻の穴を膨らませ、大仰に両手を広げて長坂は言う。まったくいやらしい喋り方だ。

「昨日も電話をくださったんだが、俺じゃまったくダメなんだ。高沢じゃないと話をしないと仰ってね。随分な気に入られようだな」

後ろで井之上がそう言った。心なしか、面白がっているようでもあった。

「大きな仕事なんて滅相もございません。名刺とか広告とか、そんなのばっかりですよ」

「ほんとうに?」

「ほんとうです」

と、春菜は言って長坂の脇を通り過ぎ、自分のデスクにバッグを載せた。長坂は音もなくすり寄ってきて、バッグからパソコンを取り出す春菜を見ている。

「橘高組さんの、さー」

よもや長坂の口から橘高組の名前を聞くとは思わなかったので、春菜は迂闊《うかつ》にも振り向いてしまった。無視する予定の長坂は、してやったりと笑っている。

「現場事務所へ呼ばれてるんだよね？　当然ながら、知ってるよ」

春菜は目だけを井之上に向けたが、井之上もまた驚いているようだった。長坂は攻撃の手を緩めない。春菜の椅子の背もたれに手をかけて、耳元近くで囁いてくる。

「春菜ちゃんを橘高組に紹介したの、ぼくなんだから」

なんですって？　と、言えない代わりに、春菜は空気を呑み込んだ。厭な感じが食道を押し広げて落ちてゆき、胃のあたりをムカムカさせる。

「仰っている意味がわかりません」

「まーたまた」

長坂はニッタニッタと笑いながら、春菜の髪の匂いを嗅いだ。

「だって春菜ちゃん得意じゃないの。胡散臭いオカルトを振りかざしてさ、クライアントに取り入って、人の仕事を横取りするの」

「はあっ？」

春菜はグルンと椅子を回して、背もたれにしなだれかかる長坂を振りほどいた。長坂は降参したという素振りで両手を挙げたが、大きな目玉が意地悪そうに光っている。

「ポケットパークの企画デザインとか、上手いこと言われて調子に乗って、現場へ出向いていったんだよね？　残念だけど風切トンネルの待避所は最初から設計予算ありきで、広告代理店ごときが新規参入したからといって仕事になるとは思えないけど」

「それってどういう意味ですか」

春菜は思わず立ち上がっていた。

「べつにぃ。ぼくはほら、純粋な親切心でさぁ。橘高組の総務部長に相談されて、そういう物件にやたら詳しい女の子がいるからって、春菜ちゃんを紹介してあげただけ。ただし、彼女はタダでは動かないから、竣工後の予定になっている待避所兼ポケットパークの話でもしてみたらって」

「竣工後？　ポケットパークでなく待避所？」

長坂は勝ち誇ったようにニタリと笑った。

「今のところ、待避所をポケットパークにする予算なんか、まだ設計に組み込まれてもいないしねえ。もっとも、土工がらみの入札工事にアーキテクツさんが指名されるとも思えないけど」

やられた！　と、春菜は思った。蒼具村民俗資料館、旧眞白村八角神社の首洗い滝の観光資源化など、峯村がそれらの情報を知っていたのは、長坂が教えたからだったのだ。

長坂は関わる物件に不当に手をつけ、私利私欲を肥やしてきた。春菜は何度かそれを阻止したが、それも順当な仕事の上でしたまでのこと。それなのに、腹いせにこんな姑息《こそく》な手段を講じるなんて。

腸《はらわた》が煮えくりかえる気分だったが、意地悪にも得意気な長坂の顔を見ていると、ここで悔しがっては思うツボだと、逆に闘志が湧いてきた。春菜は、すんでのところで踏み止《とど》まって、大きく息を吸い込んだ。

「わあ、じゃ、長坂先生のおかげだったんですね！」

満面に笑みを浮かべて長坂の手をガッチリ摑むと、それを上下に振りながら、

「ラッキーでした。ありがとうございます」

と、頭を下げた。

「なに言ってんだ。ぼくの話を……」

「聞いていました。長坂先生のおかげで橘高組さんとご縁がつながって嬉しいです。困っていたんですよね。今期の売り上げ、どうしようかなって。でも、おかげさまで」

春菜に何度も煮え湯を吞まされている長坂は、あからさまに顔色を変えた。

「あ？　なに？　橘高組にあんたの会社が入り込める仕事なんてないだろ」

春菜はニヤリと笑った。我ながら、嫌み満面という自信がある。

「そこは先生」

ほんの数秒、間を持たせてから「ほほほ」と笑い、

「業務上の秘密ですもの、ナ、イ、ショ、です」

と、春菜は言う。それから長坂の背中に手を当てて、受付まで押していった。受付事務員が席を立ち、ドアを開けて長坂を待つ。長坂を廊下に押し出してから、

「本当にありがとうございました」

春菜と受付事務員は同時に深くお辞儀した。長坂はその場に憮然として立ちすくんだが、春菜は知らん顔でドアを閉め、踵を返して井之上の許へ戻ってきた。

「いいのか？　また先生を怒らせたんじゃ……」

心配そうな顔で井之上が訊くと、

「ふざけんじゃないわよ」

春菜はいきなり吐き捨てた。長坂が怒りの足音を立てて去っていく。

「井之上部局長、聞きました？　私たち、パグ男に好き放題に振り回されたんですよ？　ありもしないポケットパークを鼻先にぶら下げられて、あんな山奥の、薄気味悪い現場事務所に一週間、いっしゅうかんも、しゅっこうに、いかされて！」

「まあ、落ち着け」

と、井之上は言った。

「俺もまさか、仕掛け人が長坂先生だとは思わなかったよ」

「誰が長坂先生ですか、パグ男でしょっ」

春菜は井之上に目を剝《む》いた。怒りは後から後から湧き出て、止められない。

「どうどう……高沢……落ち着けって」

「これが落ち着いていられますかっ。私がどれだけ傷ついて」

その瞬間、工事現場で本当に傷ついた人たちのことを思い出した。春菜は即座に、長坂のことを銀河の果てまで飛ばしてしまった。

「あ、そうだ。出水事故はどうなったんでしたっけ？　山にいたから、結局ニュースも見てないんですよね」

井之上は眉尻を下げて「ははは」と笑った。

「六時のニュースを見ればいい。地方版でやるだろう。今日は朝からヘリコプターは飛ぶわ、速報が出るわで大忙しだったからな。そうそう。お見舞いを用意してあるから、明日、峯村さんを通して橋高組へ渡してくれな」

峯村までがパグ男とグルだったと思うと複雑だったが、見舞いは見舞い、仕事は仕事だ。少々ほっぺたを膨らませつつ、春菜は井之上の申し出を承諾した。

オフィスに備え付けのテレビを見ると、井之上が言ったとおりに、風切トンネルの事故が地方版のトップニュースで扱われていた。見知ったばかりの現場の奥の、まだ立ち入ったことがないトンネル坑の、入り口あたりを俯瞰した映像が流れている。内部の様子はわからないものの、排水用のポンプが何基も稼動し、流れ出た汚泥の跡を見るにつけ、現場の緊迫感を想像してゾッとする。出水は未明に始まって徐々に増え、排水処理をしている間に矢板の奥から噴出したらしい。作業員三名が下敷きになったが、約一時間後に救出されて命に別状はないという。作業手順や工事方法に問題がなかったか調査を進めている、という、お決まりの文句で報道は終わった。

「水が出始めたのは夜だったんですね」

「そうらしいが、こっちはそんなことわからないからな。速報が出たときは焦ったよ。まあ、高沢が無事でよかったが、こんな日にわざわざ嫌みを言いに来る長坂先生も長坂先生だよな」

「パグ男にはデリカシーってものがないんですよ。いつもそう」

春菜はまたもや腹が立ってきた。

「それにしても、さすがは高沢、転んでもただじゃ起きないな。別の仕事を取るなんて」

「なんのことですか」

「さっき先生に言ってたじゃないか。おかげさまって」

「ああ」春菜は空中を手で払い、

「あれはただの希望です」と白状した。

「悔しがるのも癪だから、口から出任せ言っちゃったんです。別の仕事なんかありません。あるわけないじゃないですか」

「なんだそうだったのか。いっそ、やるなあ」

井之上は愉快そうに笑ったが、春菜のほうはそれどころではない。仕切り直して井之上と向き合い、女性二人の事故は嘉見帰来山の因縁に起因している可能性があると語った。仙龍の奇策についても話し、浄化の算段をつけるつもりだと報告すると、井之上は腕を組んで、「ううむ」と唸った。

「それほどまでとは思いもしなかったが……言われてみれば、あっち方面に道が広がらなかったのも、そういう理由だったのかなあ。確かに暗い感じがする場所だものな……それにしても山を曳くとは、とんでもないことを考えたもんだ」

「準備も時間が掛かると思うんですよね。それとも、どうするつもりなんだろう」

春菜が首を傾げると、「そんなこともないだろう」と、井之上は言った。

「鐘鋳建設さんはその道のプロだし、小山ひとつ造るのに大して時間はかからないと思うぞ？　だが、そうなるとウチが問題だ。高沢の出向費用については橋高組さんから支払いがあるにしても、正直、長く高沢を取られるのは辛い。俺としては、原因を探り当てたということで橋高組さんに了承してもらい、高沢には戻って欲しいんだがな。隠温羅流が因縁祓いをするとなると……なあ」

「もちろん私も立ち会いますよ、サニワですから。隠温羅流の因縁祓いには、必ずサニワが必要なんです」

春菜はハッキリと宣言した。

「そういうのは信じないんじゃなかったのか」

「今さら何を言ってるんですか。そもそも鐘鋳建設さんを私に紹介したの、部局長でしょ？　もう関わってしまったし、それに、トンネルをこのままにしておけないわ」

「そうだよなあ……だが、ポケットパークが机上の空論だったとすると、ウチとしても高沢を派遣しておく旨《うま》みがないだろう？」

井之上の言葉は尤もだ。企業は企業であって慈善団体ではないのだから、利益が望めぬ仕事はできない。けれども春菜は仙龍の言葉を思い出していた。

「まったく根拠はないんですけど、鐘鋳建設の棟梁が、サニワに寄ってくる因縁話は、けっこうな実入りにつながると言ったって」

「棟梁って、専務がか？」

「そうです。仙龍にそう言って、だから仙龍があそこへやって来たんです。言っておきますけど今回は、私からは何のアプローチもしてないんですからね」

「それはわかってる」

「鐘鋳建設の重鎮でソロバン担当の棟梁が、タダで仙龍を寄こすと思います？」

熱弁すると、井之上は笑った。

「高沢はずいぶんと乗り気なんだなあ。いつになく」

別に乗り気なわけじゃない。自分の知らないところで仙龍が危険な目に遭《あ》うかもしれないのが許せないだけだ。せめて同じ空気の中にいて、隠温羅流の仕事を見守りたい。

井之上はしばらく考えてから、

「まあ……じゃ、社長にはもう少し黙っておくか。ポケットパークの件については」

と、結論を出した。当初の予定通りに春菜の出向期間は一週間。その間に山曳きが行われなかった場合、春菜は出向を打ち切って、山曳きの日は有休扱いにするということで話は決まった。

その後で、春菜は峯村の携帯に電話を掛けた。仙龍との約束を守るためだ。

「すみませんでしたね。おそらく明日もバタバタしていると思うのですが」

峯村の声は疲れ切っていた。事故が起きてしまったことで、現場が悪い噂を引き合いに出してざわついていることも想像できる。それでもこれは峯村が望んだことで、春菜には工事現場の障りについて報告する義務があるのだ。

「峯村部長。どこかでお時間がとれないでしょうか。いろいろと、わかったことがありまして……」

言葉尻を濁すと、峯村は察したようだった。声を潜めて、

「こちらが一段落したら電話します」

と言う。ならば時間はいつでも構いませんと、春菜は伝えた。

その後、たまむし工房の進捗状況を轟に伝えるなどして、春菜が自宅に戻ったのは夜九

時過ぎのことだった。あまりに疲れてしまったので、夕食もとらずに風呂《ふろ》に入っていると、脱衣所でスマホが鳴り出した。濡れた手を拭ってスマホを摑み、春菜は再び浴室に戻った。湯気で曇った浴室の鏡に、自分の姿がおぼろに映る。

掃除はしているはずなのに、鏡には点々とシミが浮き、何かの足跡のようにも見えた。湯船で電話を受けながら、日曜になったら鏡を磨《みが》こうと考える。肩までずっぷりお湯に浸《つ》かると、温かさが体の隅々にまで染みこんで、疲れが溶け出していくようだ。

電話の相手は峯村で、風切地区にかつて犬神の村があったことや、嘉見帰来山にご神体が埋まっている可能性があると報告すると、絶句した。二の句が継げない様子だったので、春菜は、続いて仙龍の話もすることにした。

「今日、会社に寄ったら長坂建築設計事務所の長坂所長がいらしていて」

恨み言を言うつもりはなかったが、便宜上、長坂の名前を出す。

「峯村部長に私を紹介したのは自分だと仰ってました」

「ああ、ええ、そうです。入札のときにお目にかかって、名刺を交換させてもらいました。先生の噂は聞いていましたが、実際に会ってみると、なかなか感じのいい方でして」

そんなの最初だけなんだから。と、春菜は心で呟いた。

「その後、現場の駐車場でまた声を掛けられまして、廃校の管理はどこがしているのかと……」

「あの廃校ですか？　グラウンドを駐車場に借りている」

「そうですそうです。風切地区にはもう自治体すらないのでね、あそこは市の管轄になっていまして、長坂先生にもそう伝えました。先生は除雪待避所のお仕事が欲しかったんじゃないでしょうかね。そのとき、富沢さんのことを新聞で読んだとお悔やみを言われて、その流れで高沢さんを紹介してもらったんです」

ピンと来た。長坂は廃校の歪みガラスに目をつけたのだ。彼には子飼いの業者がいて、小遣いを握らせ、建物の情報を集めている。大抵は古民家や空き家の情報で、現場の解体工事を請け負うと、古材を回収して売り払う。決して違法ではないのだが、クライアントへの請求額から収益分を値引きすることはない。

鼻先にぶら下げられたポケットパークの件についてもチクリと言ってやろうかと思ったが、やめておいた。峯村は今、出水事故と工期の算段で頭がいっぱいだろうから。

「そのときに長坂先生が話した件ですが……私が因縁物件に強いという、それにはカラクリがあるんです」

春菜は、それらに関われたのは自分一人の力ではなくて、因縁を祓う業者を知っていたからだと峯村に白状した。お湯の中で足を伸ばして踝《くるぶし》から先を湯船の外に出し、上半身が沈まないようバスタブの縁に腕を掛けて春菜は言った。

「鐘鋳建設さんと仰って、曳家工事の会社です」

「曳家」

峯村は驚いたようだった。

「いや……そうですか……曳き屋さんだったんですか」

「ご存じですか？　建築業界では有名なのかしら」

「いえね、そういう業者がいると、噂は耳にしていましたが、ウチは土工が主で、曳き屋さんとはご縁がなくて……でもまさか、こんなに近くにいたとは思いませんでしたよ」

春菜は仙龍の奇策を話し、そのために嘉見帰来山の土が必要なのだと訴えた。峯村は、すべてを理解できたとも思えないがと前置きして、残土はなんとかすると請け合った。ついては鐘鋳建設の社長と直接会って段取りを打ち合わせて欲しいと続けると、

「今日のことで現場が取り込んでいますがね、そこだけ納得していただけるのなら、現場事務所へ来てください。私としては、一刻も早くなんとかしていただきたいので」

と言う。午前九時には事故の調査が始まるというので、早朝に現場事務所で落ち合う約束をして、電話を切った。

さすがに逆上《のぼ》せてきたので、風呂を出てから仙龍に連絡した。峯村との予定を知らせ、比嘉から仕入れた富沢さゆりの話もした。第一発見者が遺体に咬み痕を見たと伝えると、仙龍は「そうか」と言って、しばらく考え込んでいるようだった。

「それから、山を造る残土については峯村部長が手配してくれるって。それで仙龍、どの

くらいで準備ができそう？」

「すでに小林教授が、手頃な廃トンネルを推薦してきた。祖山トンネルの脇に、使われていない旧道があるが、廃トンネルはその先だ。俺が宮司にヒトガタを依頼している間に、コーイチが和尚と教授を連れて下見に行ったが、旧道のバリケードは可動式で、辛うじてトラックが入れるそうだ」

「トラック？」

「今回は現場が山だし、曳くのも土で、距離もあるから家を動かすようにはいかない。予め《あらかじ》トラックの荷台で山を造って、そのまま嘉見帰来山まで運んでいく。犬神を移したら、またトラックで廃トンネルまで運び、地面に下ろして封印するんだ」

トラックと聞いて、春菜は少しだけガッカリした。仙龍と隠温羅流には近代的なトラックなんかじゃなくて、山車や神輿で山曳きをして欲しかった。曳き山の上で御幣を操る仙龍の凜々しい姿が見たかった。それでも文明の利器が使える今だからこそ山曳きは可能になるのだし、そもそもトラックのない時代には、嘉見帰来山にトンネルを通すこともできなかったに違いない。仙龍は続ける。

「山を造るのは造作もないが、犬神を呼ぶには仕掛けがいるし、供物を揃《そろ》える時間も必要だ。調べたら、今年の狩猟期間はすでに終わってしまっていたんだが、猟師が協力してくれて、飼育されているキジとウサギを調達してくれることになった」

「トカゲとヘビと、あと、ネズミとかは？」

「和尚の寂れ寺にウジャウジャいるさ」

結果として、数日中にはすべての準備が整うと言う。よかったと思うと同時に、春菜は武者震いのようなものを感じてきた。

「今回は、あまり危険そうじゃなくてよかったわ」

ともあれ、それが春菜の本心だった。怨霊《おんりょう》ではなく憑き物というところが、いまいちピンと来ていない。人の心ならばわかりやすいが、殺《あや》めた術者に使役されてしまう蠱というものが、なんとなく間抜けに思えたりもするのだった。餌《えさ》でおびき寄せられるようでもあるし、小山はトラックで曳くというのだから、仙龍の勇姿は拝めないにせよ、この因縁切りは過去のものに比べて容易そうだ。

問題はそれにかかる経費と収支だが、春菜自身、今回は予算取りにも関わりがない。明日、仙龍を峯村に会わせればそのあたりの話も詰めるだろうし、一番は、仙龍に危険が及びそうにないのが嬉しい。春菜はソファに体を預け、湯上がりの肌に塗るローションを引き寄せた。

「明日、先方と話をつけたら、おまえは会社に戻ったほうがいい」

ビンの蓋《ふた》を回していると、突然仙龍がそう言ったので、春菜はソファに起き上がった。

「なによそれ、今回は、サニワの私は必要ないって言うの？」

そんな話があるだろうか。隠温羅流の因縁祓いにはサニワが要《い》ると、そう言ったのは仙龍じゃないか。だからこそ、怖い現場に呼ばれたときも、懸命に立ち会ってきたのじゃないか。

「危険だから降りたほうがいいと言っているんだ。珠青が」

「夢を見たからって言うの？　だってもう事故が起きたじゃない。それで終わりでしょ」

「そうじゃない。それに、まだわからないことがある。今回は珠青にサニワをやらせて」

「納得できない」

春菜はローションのビンを床に置き、自分も床に正座した。

「厭だったら厭よ、絶対にイヤ。そもそも橘高組と話をしたのは私でしょ？　そっちなんか夢を見ただけじゃない」

美人の珠青が脳裏に浮かぶ。大人で上品でしとやかで……あれは仙龍の姉さんだけど、女としての敗北感が半端《はんぱ》ない。その美女が、夢を見ただけでサニワをやるって、そんな不公平は許せない。

「あのなあ……」

仙龍は呆れてため息をついた。

「何に固執しているのか知らないが、おまえの話通り、死んだ事務員にも咬み痕があったとすれば、因縁は嘉見帰来山のものだけとは限らないんだぞ」

「どういうことよ」

訊きながら春菜はハッとした。冷たい風が頰に触れたのだ。エアコンもかけていないのにおかしなことだ。一人っきりの室内は間接照明だけが灯って、カーテンの襞《ひだ》や天井に、薄く闇が凝っている。暗めの照明とインテリアのマッチングは大好きだったが、春菜は思わず部屋を見渡した。やっぱりだ。どこからか、冷たい風が落ちてくる。

「すべからく蠱毒は術者が知る相手にしか及ばないんだ。あの山を掘ることが、安全祈願祭で起きた供物の腐敗や異常出水につながったとしても、彼女たちが死んだ理由は別かもしれない」

「なんで?」

仙龍は、嚙んで含めるようにゆっくり言った。

「嘉見帰来山に埋められている可能性があるのは、ご神体と一族の遺骸《いがい》で、つまりは蠱そのものだ。蠱は術者がいなければ人に憑くことができない。けれど女性二人は直接工事に関わっていないし、トンネルに入ったわけでもないだろ? 一人は事務員、一人は食堂で働いていたんだから」

「じゃあ、なんで祟られたと思うのよ。やっぱり野犬の被害にあった?」

「野犬なら咬み痕が消えるはずがない」仙龍はため息をつき、

「たぶん術者がいるんだよ。あの中に、工事現場に」

それはどういうことだろう。

「偶然か、必然なのか、今の話を聞く限り、狗場杜から消えた犬神が工事現場に戻っている可能性がある。犬神憑きがあそこにいるから、二人は祟られ、命を落とした」

――さゆりちゃんは結婚式や新婚旅行の話をしていたし、進藤さんは進藤さんで、子供たちにプレゼントしてもらったエプロン着けて、それを自慢してたのよ――

松田の言葉が頭をよぎった。

――二人とも妬まれる理由があったってことよ――

犬神は憑いた相手の妬み僻みに反応し、飛んでいって幸福を奪い取るという。

「うそでしょ……」

薄暗い部屋のどこかの隅で、カリカリカリと音がする。そちらに耳を傾けたとたん、春菜はバスルームの鏡を思い出した。シミなんか付くはずはなかったのだ。だって、今朝起き抜けにシャワーを浴びて、鏡の水滴を拭き取ってから出掛けたのだから。

春菜が言葉に詰まったので、

「どうした？」

と、仙龍が訊いた。やにわに春菜は立ち上がり、リビングの明かりを点けた。

「別に。なんでもない」

そうとも。煌々と部屋を照らせば、妖《あや》しい気配はどこにもない。春菜はスマホを持ってリビングを出た。廊下の明かりもすべて点ける。それでも天井の隅や物陰に、何かが潜んでいるような気がする。仙龍はなんと言っただろうか。恐怖や呪いは信じる者に作用する。そんなものは迷信に過ぎない、と鼻で笑える者は最初から悩まないし、取り憑かれることもない。それが隠温羅流の真髄で、だからこそ因縁祓いの儀式の席に関係者全員が集められるのだ。

「仙龍は、現場事務所に犬神を持つ人がいて、二人に犬神を憑けたって言いたいの？　富沢さゆりさんはその人のことに気が付いていて、それで魔除けの木札を持っていた」

「木札はたぶん彼女のじゃない。魔除けがあったのに犬神が憑いたとは考えられないからな。あれはおまえを守ろうとして、誰かがデスクに貼ったんだろう」

「は」

春菜は廊下で立ち止まった。

「誰が？　ていうか、ちょっと待ってよ。ということは、その誰かは、あそこに犬神を持つ人がいるのを知っていたってことにならない？」

「おそらくな」

「え、なによそれ、それって……」

そうか。それなら理屈が通ると春菜は思った。富沢さゆりは初めから、魔除けを持ってなどいなかった。そして誰かは、彼女たちの事故で犬神憑きの存在に気が付いたのだ。

「峯村部長？」

訊くと仙龍は「たぶん」と答えた。

「橘高組は松山の会社だ。総務に長く勤めた人なら、トンネル工事の祭神も、犬神の知識も持っているはずだ。禁忌を声高に話すことはなくても、あらゆる方面から総務を仕切ってきたのだろう。二人の死に方が異様だったことにはすぐ気付いたはずだし、おまえに話を持ってきたとき、彼は、犬神を持つ者を見分けて欲しかったのかもしれない。もちろん嘉見帰来山の名に感ずるところもあっただろう。でもまさか、あの山にご神体が埋まっているとは思いもしなかった」

「私に犯人捜しをさせるつもりだったのね」

「犯人という言い方は正しくない。犬神憑きは本人の意志とは関係なく犬神を飛ばしてしまうんだから。だが、安全第一の工事現場で、それはゆゆしき問題だ」

コーイチが言っていた。犬神を持ってる土地では体に腫れ物がある人を船に乗せない。それは犬神が不幸を呼ぶのを恐れるためだと。

カリカリカリ……どこかでまた音がして、春菜はバスルームに目をやった。それほど古いアパートでもないのに、ネズミが入り込んでいるのだろうか。鏡のシミは足跡か。垂直な鏡をネズミが移動できるかわからないけど。

怖がるな。信じるな。恐怖は奴らを増長させる。私は平気だ、気付きもしない。私は……鈍感で……迷信を信じない者だ。

むっと真一文字に唇を結んで、いきおいよくバスルームのドアを開けたが、残り湯に煙るバスルームにネズミはいない。春菜は改めて鏡を見た。

「どうした？　何をしている」

仙龍の声がする。

「ねえ」

と、春菜は仙龍に訊いた。

「犬神は犬じゃなく、クシヒキネズミとかいう生き物だって言ったわよね」

「俺じゃなくて教授がな」

「その生き物はイタチか、ネズミみたいな形をしてるって」

「なんだ。何かあったのか？」

春菜は鏡をじっと見た。規則正しいシミは確かに動物の足跡だ。ネズミほど小さくないし、犬の足跡では決してない。上から下へ移動して、そこから先はわからない。春菜はバスタブと排水口のすき間を覗いてみたが、汚れが気になると思っただけだった。

「なんでもない」

春菜はバスルームのドアを閉めた。その前に洗濯カゴを置いて、ドアが開けば音がするようにした。さらに脱衣所の扉も閉めて、床用ハンディクリーナーをつっかい棒にして留

めた。中から扉が開かないことを確認すると、

「とにかく、明日、現場事務所で会いましょう。私が行かなきゃ峯村部長に会えないし、サニワの件はそのときに」

そう言って、仙龍との電話を終えた。

足跡のことを言わなかったのは、一度それを口に出してしまったら、恐怖を抑えきれないだろうと思ったからだ。それに、余計な心配をさせて、やっぱり今回は降りろと言われるのも癪だった。

仙龍のお姉さんに敵対心を燃やす自分をどうかと思ったりもするのだが、誰であれ、負けを認めるのは絶対イヤだ。背中が怖いので壁に寄りかかって廊下を見渡し、安全を確認してから玄関を施錠し、リビングに戻って水を飲み、今日着ていた服のポケットから、魔除けの木札を取り出した。

鎖を通して首に掛け、艶玉肌《つやたまはだ》用のパックをしてからベッドに入った。悶々《もんもん》として夢と現《うつつ》を行き来しながら、いつしかぐっすり眠りについた。

其の六

狗墓《いぬばか》を曳く

翌早朝。

現場事務所へ向かって車を走らせながら、昨夜の夢を思い出してみたのだが、慌ただしかった印象があるのみで、詳細は覚えていなかった。珠青と違って自分には予知夢を見る才能がないらしい。それを認めるのは悔しかったが、別にそんな才能があったって、事故は起きてしまったじゃないのと思ったりもして、自分の性格の悪さに少しへこんだ。

わずかな間に季節は進み、山の芽吹きが濃くなってきた。下界は淡い春の色だが、山にはまだ雪が残っていて、空は水色に霞んでいる。

早い時間に来たせいか、現場事務所の周辺はむしろ閑散としていた。巨大重機や大型トラックがグラウンドに移動したせいらしい。仮囲いが一部開放されて、道路からトンネル工事の現場が見える。事故で緊急車両が出入りしたため、大急ぎで間口を広げ、そのまま復旧されていないのだ。整地した法面《のりめん》がブルーシートで覆われて、奥にトンネルが口を開けている。太いホースが何本も置かれて、未だに排水をしているし、宿泊棟から湯気が出ているから、食堂のおばちゃんたちも早出したようだ。

グラウンドにはすでに仙龍がいて、車外で煙草を吸っていた。運転席にはコーイチが座り、春菜に気付くとニッコリ笑う。今日は二人とも作業着姿で、頭に黒いタオルを巻いていた。峯村が通勤に使う社名入りのバンも駐まっているから、総務部で待っていることだろう。

「遅れてごめんなさい」

隣に駐車し、ドアを開けてそう言った。残念ながら、今日は橘高組の事務服である。仙龍は何も言わないが、それはそれで気分が悪い。春菜はスニーカーの踵《かかと》を少し上げ、上着の裾を引っ張りながら車を降りた。外に出ると、仙龍は煙草を揉み消して「行くか」と言った。タオルの下から覗く眼光が、いつにも増して鋭い感じだ。

「春菜さん。俺たち、ちょっと早く来て、進藤三咲さんが亡くなったって山のほうまで、歩いていってみたんすよ。現場はすぐわかりました。お花が供えてあったから」

フェンスの隙間を通るとき、コーイチがそう言った。その先を仙龍が続ける。

「やはり何かに追われたのかもしれないな。所々に枝が折れた跡があった」

春菜は鳥居の山を振り返ってみた。木々が芽吹き始めたせいで、鳥居の朱色が鮮やかさを増したようにも見える。かといって、寂れた雰囲気は消せもしない。

「犬は見た?」

訊くと二人は頭を振った。やっぱり犬ではなかったのだろうか。今になってみれば本当に黒い犬を見たのかさえ、自信がなくなってきた。

とにかく仙龍を総務部へ連れていこうと事務所棟へ向かい、春菜は階段の下で二人を待たせた。更衣室へ荷物を置いてくるためだった。早朝にも拘わらず、事務所棟の会議室には大勢の人たちが集まっている。テーブルに着かずに並んでいるので、工事の段取りについて指示を受けているのだろう。ロッカーに荷物を置いて、外に出て、春菜は二人を連れて階段を上る。二階の現場事務所では、峯村が独りで待っていた。おはようございますと挨拶してから仙龍とコーイチを紹介すると、

「高沢さん、ありがとう、ありがとう」

と、峯村は言った。

「私一人では、どうすることもできなかったよ。因縁切りの業者さんのことだって、なにひとつ存じ上げなかったのだし」

総務部の奥にある畳二枚分程度の応接室で、峯村は仙龍たちと話をした。出向中の春菜としては、彼らにお茶を運んでいくのも役目であった。電気ポットで湯を沸かし、湯飲み茶碗に粉末のお茶を入れてみたけれど、アーキテクツですらお茶など淹《い》れたことがないのだから、淹れ方がよくわからない。

とりあえず見た目で確認してから運んでいくと、テーブルに置くなり仙龍が、

「抹茶か?」と鼻を鳴らした。

いやなら飲むなと言いたかったが、すかさずコーイチがひとくち飲んで、春菜を部屋か

ら押し出した。

「ヤバいっすよ春菜さん。あれ、胃薬みたいに苦いっす」

「色見て淹れてみたんだけどな。お茶って、よくわからなくって」

「いいっす。俺が淹れるっす」

コーイチが教えてくれた粉末茶の量は、春菜が使った四分の一程度であった。

その間にも、仙龍と峯村は話を進めていたらしい。コーイチと一緒に新しいお茶を運んでいくと、春菜のものには手もつけず、二人はコーイチのお茶を飲んだ。

「総務部長と話がついた。俺たちはこれから残土置き場へ行って小山を造る算段をする。曳いていく先の廃トンネルには、青鯉が茶玉《ちゃだま》を連れて下見に行くことになっている。双方の準備が整うのを待ってから、ここへ小山を運んで犬神を移す」

それから仙龍は峯村に言った。

「そのときは作業員を全員集めてください。障りが小山に移ったことを確認してもらいます。儀式の段取りはこちらでしますが、その間、半日程度は工事を中断してもらわなければなりません」

「わかりましたとも。どうぞよろしくお願いします」

「見積もりはファックスで送ります。確定したら郵送しましょう」

「そうですね」

まさか因縁祓いに予算が付いたの？

春菜はそう訊きたかったが、我慢した。売り上げに執着する女だと、また嗤われるのが厭だったからだ。仙龍はコーイチのお茶を飲み干すと、

「それでは」

と言って席を立った。春菜を一瞥《いちべつ》して「どうする」と訊く。

「魔除けの護符をデスクに貼ってくれたのは、やはり総務部長だったらしいぞ」

「高沢さんが怖がるといけないと思ったもので、そっと目立たないところに置いたつもりが、すぐに見つけられてしまいました」

「どうして魔除けのお守りなんか」

訊くと峯村は仙龍の顔を窺って、

「あなたまで犬神に憑かれては大変だと思ったからですよ」

と、白状した。

「じゃあ、富沢さんと進藤さんが犬神にやられたと知っていたんですか？」

峯村は困ったように目を瞬き、それからハンカチで鼻を拭った。

「犬神にやられたなんて、普通は笑うところでしょうが、私たちには笑い事じゃないんです。富沢さんは特に、腫れ物ができて休憩室で休んでいたんですからね。犬神が憑くと、どこかが腫れるといわれます。彼女は結婚間近で妬まれる理由がありましたし、進藤さん

もかわいいお子さんが二人いて、子供たちに誕生会をしてもらったと、それは嬉しそうに話していましたから」

「犬神は、そんな些細な理由で祟るんですか?」

峯村は複雑な表情だ。申し訳なさそうにも、悲しそうな顔にも春菜には思える。

「なにを羨むかは人によるでしょう。でも、恋人や、家族や、そういうものを羨ましいと思う気持ちはありますよ。特にこういう現場では、長い工事期間を家族と離ればなれに暮らさなきゃならないし、周りは山ばっかりだし、そもそも家庭を持たない作業員も多いんですよ。普通の人にはわかりません。暗いうちに穴に入って土を掘り、穴から出るともう日が暮れているんです。オモチャみたいな風呂に入って、何もない部屋に帰って、夜通し風の音を聞いて眠るんです。楽しみといえば食事だけ。そんな生活の侘《わび》しさは、経験した者でないとわかりませんよ。なにがなんでもトンネルを通してやるんだって、そういう気概を持っている人間は別ですが、そうじゃない人もたくさんいます。食事と、風呂と、寝床が欲しくて来る人なんかも。

犬神は迷信じゃないんです。犬神を持つ者は、意志と無関係に犬神を飛ばす。もちろん意識して犬神を憑けることもありますがね。犬神憑きが誰かを羨ましいと思ったり、妬ましいと思った瞬間、犬神はすぐさまそれを奪いに行きます。富沢さんも、進藤さんも、虫刺されが腫れたと言っていたようなのですが、残念ながらそのことは、私の耳には入らなかった。もしも知っていたならば、何らかの手段を講じていたことでしょう」

「私をここへ呼んだのは、犬神を飛ばしたのが誰なのか、それを知りたかったからなんですね」

峯村は頷いた。

「嘉見帰来山に因縁があるとも知らず。もちろん、知っていれば入札は辞退していましたが。だから、万が一にもあなたに障りがないようにと犬神憑きを探す目的を隠して出向社員になっていただき、念のために魔除けも貼っておいたのです。郷里でも、犬神除けにはお札を使っていますので」

「でも、犬神憑きの正体については、お役に立てなかったということですね」

初日に会った気味の悪い作業員のことが頭にあったが、根拠のない誹謗《ひぼう》中傷になってはいけないので黙っていた。

「いやいや感謝しています。やはり高沢さんに来ていただいてよかったですよ。犬神憑きどころの騒ぎじゃない。掘っていた山そのものが犬神の巣窟《そうくつ》だったんですから」

峯村は、もう会社へ戻っていただいても結構ですよ、と春菜に言った。

「お約束通り、一週間分の出向費用は報酬として御社へお振り込みいたします」

井之上は喜ぶだろう。

「もうひとつ、ポケットパークの件ですが」

人好きのする丸顔に温厚な笑みを浮かべて、峯村は続ける。

「風切トンネルが竣工しますと、それに伴って周辺道路を整備します。そちらは私どもではなく、橘高組の子会社が担当すると決まっていまして」

「でも、ポケットパークは、予算すらついていないんですよね」

長坂の憎たらしい顔を思い出して、春菜は訊く。

「誰がそんなことを言いましたか？　ポケットパークとしては予算計上していませんが、周辺道路の整備事業に待避所の建設費用が含まれています。逆側にトンネルが抜けますと、野尻湖《のじりこ》、斑尾山《まだらおさん》、天気がよければ白根山《しらねさん》まで見渡せるでしょう。そこに待避所兼ポケットパークを作る予定がありますので、企画とモニュメントのデザインなどをアーキテクツさんに相談するよう、担当の者に話しておきます。名刺をもう一枚いただけますか？　そちらへ回しておきますから」

「え、じゃ、長坂建築設計事務所は？　長坂先生のところでデザインするんじゃないんですか」

春菜は咄嗟にポケットをまさぐったが、橘高組の事務服に名刺入れは入っていない。

「いえいえ。長坂先生のご専門は建築物で、土工専門の私たちとはフィールドが違うといいますか、今後もご一緒することはないと思います」

そう語る峯村は、誠実な眼差しをしていた。長坂の話しぶりから、体よく使われたとばかり思っていたのに、早まって恨み言を言わなくてよかったと春菜は思った。

「やった」

春菜は思わず拳を握り、それからコホンと咳払いした。

「あの、じゃ、更衣室へ行って名刺を取ってきます。すぐに戻りますから」

「俺たちもこれで」

と、仙龍が言うので、春菜は二人と一緒に事務所棟を出た。

踊るような足取りで階段を下りる春菜を見て、「よかったな」と仙龍が笑う。

「本当、よかったー。私、てっきり峯村部長に騙されたかと」

「あの部長さんは、そんなことしないっすよ。顔を見たらわかりますもん」

コーイチがニコニコと言う。なによ、生意気、と思いながらも、コーイチならたぶん、誰のことも恨んだりはしないとわかっていた。だからこそ、そばにいるだけで日向ぼっこしているような気分になるのだ。

「私、今日はこれで会社に戻るけど、山を曳くときは立ち会いたいわ。だってやっぱり気になるし、棟梁たちにも会いたいし」

階段を下りきって振り返ると、仙龍は数段上から奥の森に目をやって、

「黒犬を見たのはこの奥か？」

と、別のことを訊いてきた。

「そうよ。ちょうどあのあたり」

春菜は茂みを指さして、ん？　と思った。黒犬のいた場所は覚えている。ノイバラの蔓が絡み合う藪のあたりに背中が見えて、あの木の、あの枝の下に頭があった。

「どうした」

そのまま言葉を失った春菜を、仙龍が振り向いた。

「……犬じゃなかった」

自分自身に言い聞かせるかのように、春菜は答えた。そうだ、犬であるはずがない。よくよく見ればノイバラの茂みは胸の高さほどもあり、犬の頭があった枝は、二メートルくらいの場所に伸びている。そこに黒犬を当てはめてみれば、身の丈《みたけ》二メートル、立ち上がって四メートルほどの大きさだったことになる。

「何を見たの、私……あれは犬じゃない。大きすぎるもの」

「ウッソー」とコーイチが階段の上から言った。

「犬じゃなければ何だったんすか？　つか、こっから見てもヤブヤブで、獣が通った跡はないすね。やっぱりつーか、なんつーか……」

気のせいだったと思いたかった。それでもやっぱり、あれはあそこにいたように思う。黒い毛を、炎のように逆立てて。

「瘴気だったのかもしれないな」

仙龍は階段を下りてきた。

「瘴気って？」

「妬み嫉み怨みなど、おぞましい気持ちの塊だ。蠱や犬神はそれを総称していうのだろうと、俺は思う。珠青の夢も、それが降り注ぐ凶夢だった。この件に俺たちが関わることを、暗示していたのだろう」

それから仙龍は春菜を見て、

「峯村部長に感謝するんだな」と、微笑んだ。

「おまえが無事でいられたのは、おまえの無事を祈ってくれる人がいたからだ。明日から隠温羅流は山を造る。廃トンネルを確認したあと、青鯉と茶玉は棟梁を連れて土捨て場へ行く。そこで小山を造るためにだ。コーイチは廃トンネルの担当だ。出入り口を封じた鉄の扉を、もう一度開けなければならないからな」

「仙龍はどうするの」

「身を清め、嘉見帰来山に登って、山を移すための道具を集める。それから御禊《みそぎ》をする。和尚の寺で」

春菜は疑《うたぐ》り深く目を細めた。

「大丈夫なの？　雷助和尚で」

「やるときはやる和尚だからな。金さえ払えば、たちまち霊験あらたかだ」

「仙龍。私、やっぱり」

春菜が仙龍を見上げると、その先を言わないうちに、仙龍はこの上なく優しい目で春菜を見下ろした。

「珠青がサニワを断ってきた。想いの強さがおまえとは違うと。トーヘンボクと叱られたんだが、あいつの言うことはよくわからない」

春菜はたちまち最強美女珠青に親近感を抱いた。

「かといって、おまえが心配なのも確かだ」

どうして自分が心配なのか、春菜はそこを訊きたいのだった。

「死んじゃったのが二人とも若い女性だったじゃないっすか。だから年増《としま》の珠青さんのほうが、サニワをやるにも安全だろうって社長が」

「それを珠青に言うんじゃないぞ」

仙龍はコーイチに釘《くぎ》を刺し、春菜の肩に手を置いた。

「サニワ無しに因縁祓いはできないんだが……」

やっぱり諦めさせようとしているのだと、春菜は悟った。

「仙龍、私に借りがあるわよね」

死んだ二人が若くて、女で、仙龍が心配したのはそこなのか。

かなり落胆したことを、気取られるのが厭だった。

「借り？　俺が？」

「そうよ」

　春菜は仙龍に詰め寄った。

「この前、座敷牢《ざしきろう》へ飛び込んでいったのは誰？」

「おまえだ」

「蒼具家でサニワをやったのは？」

「おまえだ」

「八角神社の首洗い滝で、買ったばかりの新色ルージュを」

「わかったわかった」

　仙龍は両手を挙げた。

「言っても聞かない。忠告しても突っ走る。今回も、隠れてでも現場へ来るつもりだな」

「当たり前でしょ」

　一瞬だけ仙龍が笑ったその顔に、春菜は胸がキュンとした。これは重症の片想《かたおも》いだ。しかも相手はトーヘンボクの、堅物の、男気があって、色気があって、寿命の短い隠温羅流の導師なのだ。なんという不幸、なんという無謀……春菜はわずかに俯《うつむ》いてから、

「連絡してよね」

　と、仙龍に迫った。

「山曳きの日取りが決まったら連絡して。コーイチも。仙龍は信用ならないから」

「いっすよー」

と、軽い感じでコーイチが請け合う。それじゃあと簡単に挨拶をして、春菜はその場で二人と別れた。名刺を取りに更衣室へ向かうと、すでに会議は終了して、作業員たちが廊下で支度をしていた。井之上から見舞いを預かっていたことを思い出し、春菜は急いで廊下を抜けた。

更衣室の扉を開けると、笠嶋が、真《ま》っ直《す》ぐこちらを向いて立っていた。着替えを終えたばかりのようで、カーディガンのボタンに手を掛けている。ドアを開けたせいなのか、寝癖の強い黒髪が風に吹かれたように舞い上がった。

「おはようございます」

挨拶して自分のロッカーへ行き、鍵を開けながら笠嶋に訊いた。

「笠嶋さん、昨日は出勤できたんですか?」

「ええ。あなたは?」

「峯村部長が電話をくれて、道が混むから来るなって。出先で知ったんです、事故のこと」

「大変だったのよ。夜には水が出始めていて、明け方に異常出水になったって」

「けが人が出たと聞いて心配しました。そうでなくても、笠嶋さんから事故の噂を聞かされていたし」

「当たったわよね」

笠嶋はゆっくり言った。

「それが昨日の事故だったんですね。大きな事故が起きるって、誰が言ったのかしら、そんなこと」

「さあ……でも、みんな知っていたと思うのよ。私の耳にさえ入るんだから」

「私の耳にさえって?」

それはどういう意味だろう。春菜は少しだけ引っかかりを覚えた。

「言葉通りよ。嫌われているの、私、みんなに。そんな私が知っていたんだから、噂はみんなが知っていたってことなのよ」

女っていうのは、どうしてこうも悲劇のヒロインが好きなのか。自分も女でありながら、春菜は時々げんなりとする。

「そんなことないでしょ。どうしてそんなふうに思うんです?」

すると笠嶋は無言で口角を吊り上げた。三日月形の唇は笑みのようにも見えるが、笑みではない。なぜなら目が笑っていないからで、その顔に春菜は胸が詰まった。お為ごかしの社交辞令も、調子を合わせただけの会話も、見透かしているのよという顔だ。みぞおちのあたりに冷えた五寸釘《ごすんくぎ》を打ち込まれたような気がした。

「高沢さんみたいな人にはわからない。私はずっとそうだったのよ。子供の頃から、友だちがいない、家族もいない。私は親戚《しんせき》の家で育ったの。片隅で、息を潜めて、存在していることがもう、罪だと言われて育ったの」

「存在していることが罪だなんて言う人のことを、信用しちゃダメですよ。そんなの心が狭い人なんだから。自分しか見えていない人。相手の人生が自分の人生の上を行くかもしれないなんて、これっぽっちも思っていない人なんだから」

パグ男のことを考えていた。まったく腹が立つったら。

春菜は笠嶋の前に立ち、彼女の瞳を見つめ返した。

「笠嶋さん。そんなの全部忘れちゃえばいいのよ。大人になったらもう、こっちのものよ。うんと幸せになって、見返してやらなくちゃ」

笠嶋の目は吊り上がっていて、とても大きい。黒目がちな瞳は穴のようで、水晶体が一色に見える。

「以上です。元気出してくださいっ?」

ロッカーに屈んでバッグを開けて、見舞い金と名刺入れを出す。どうせ会社へ戻るのだからバッグごと持っていこうかと思い、いや、それでは他の社員に示しがつかないだろうと思い直す。この事務服を着ている間は、まだ橘高組の社員なのだ。

「いいわよね、高沢さんは。さっきの人たちはお知り合いなの?」

頭の上で訊かれたものの、何のことなのかわからなかった。ロッカーから頭を出して笠嶋を見ると、彼女はさっきの場所から春菜を見ていた。

「さっきの人たちよ。背の高い職人さんと、小柄な人と」

仙龍とコーイチのことだった。

「はい。仕事の知り合いで……」

「とても仲がよさそうだった。いいわね、そういう人がそばにいて」

笠嶋はニッと笑った。今度は少しだけ目も笑っている。自分はここを去るけれど、彼女にはそういう相手がいないのだろうか。考えてみれば、前も笠嶋は、トイレの裏で自分を待っていた。隠れるように、恥じ入るように、隙間に立って。美人なのに雰囲気が暗い。表情に乏《とぼ》しくて声が小さい。でも、少しの努力で世界は変わる。周囲を恐れず、背を向けず、転んでも起き上がる覚悟で進んでいけば。

春菜はロッカーの扉を閉めて、再び笠嶋に向き合った。わずか三日の付き合いだったけれど、社内を案内してもらったし、歳も一番近かった。

「笠嶋さん、いつまでここに勤めます？」

笠嶋だって若い女性なのに、犬神は大丈夫だろうかと思いもした。

「ずっと……ここにいるかもしれない」

「そうですか」

春菜は首に手を回してチェーンを外した。

「これ知ってます?」

魔除けの木札を差し出すと、笠嶋は驚いて身を引いた。

「やだ、怖いし、気持ち悪い」

「ですよねえ」

所詮、お守りなどというものは、身に着ける者の自己満足なのかもしれないが。

「これ、鬼の姿が怖いけど、魔除けのお守りなんですよ」

「高沢さんは、そういうのを信じるほうなの?」

馬鹿にしたように嗤っている。

「うーん、まあ、信じるか信じないかと言われれば、信じないほうではあったんだけど、でも、なんかここではね。持ってたほうがいいかなって」

笠嶋は恐る恐るというふうに手を伸ばし、木札ではなく、チェーンの端を指でつまんだ。不気味な鬼の彫り物を、怖いものでも見るように眺めている。

「もしよかったら、それ、どうぞ。効果覿面《てきめん》だって話だし」

その瞬間、彼女は両目を見開いた。

「どうして私に?」

「どうしてって……笠嶋さんが好きだったからかな。私けっこう好きでした」

「え……」

と、笠嶋は言葉に詰まる。

「なんというか、個性的な美人だし、人を惹きつける魅力がありますよね。エキゾチックで日本的で。あ、私はこういう性格だから、がさつな女って言われちゃうんだけど」

何をどう説明しても陳腐《ちんぷ》に思え、春菜はその先を言いあぐねた。笠嶋の指がチェーンをたぐり、やがて両手でチェーンを握った。

「いいの？　私がもらっても」

最初は鼻で嗤っていたくせに、笠嶋は明るい声でそう訊いた。小鼻の両脇に皺を寄せて、笠嶋が笑んでいる。春菜は初めて、笠嶋の心からの笑顔を見たと思った。

「どうぞどうぞ、私、もうひとつ持っているから」

「ありがとう」

と、彼女が言うので、春菜はついに、ずっと気になっていたことを口にした。

「笠嶋さん、髪の毛に寝癖がついていますよ。せっかく美人なのにもったいない」

自分の髪を手で押さえ、笠嶋は恥ずかしそうに項垂《うなだ》れた。

「濡れた櫛で梳かすと直ります。それじゃ、私は峯村部長を待たせているから」

笠嶋を残して更衣室を出ると、春菜は再び総務部へ向かった。見舞いを渡し、名刺も預け、まだ出勤していない松田に手紙を書いて、わずか三日の出向社員を返上した。ほとんど使わなかったデスクを片付け、一番下の一番深い引き出しを開けて、峯村に訊く。

「峯村部長。記念に元三大師の魔除けをもらっていっていいですか？」

床にしゃがんで奥を見たが、貼られていたはずの木札が見つからない。

「もちろんですとも」

そう言うからには峯村が剝がしたわけでもなさそうだ。下に落ちたのかと引き出しを外してみたが、やはりどこにも木札はない。春菜はそのまま引き出しを閉めた。

「それじゃ、お世話になりました。あと、今後とも、どうぞよろしくお願いします」

峯村に深く頭を下げて、事務服はクリーニングを済ませて返しに来ると伝えた。

清々しい気持ちで階段を下りて、バッグを取りに再び更衣室へ戻ってみると、笠嶋の姿はすでになく、無人の更衣室に獣の臭いが漂っていた。またたわ。と、鼻を押さえて照明を点けたが、やはりどこにも獣はいない。隙間から小動物が入り込み、どこかに糞尿《ふんにょう》をまき散らしているのかもしれないが、それもこれも今日で終わりだ。

春菜はロッカーの中身を空にして、『高沢』と手書きした名札をホルダーから抜いた。忘れ物はないかと見渡せば、キーを挿したままのロッカーに、亡くなった進藤三咲の名札がまだそのままに残されていた。春菜は『進藤』の文字を裏返し、自分のロッカーにキーを挿した。笠嶋は、今日もキーを挿しっぱなしだ。

カリカリカリ……引っ搔くような音で振り向けば、そこにはやはり何もない。カリカリカリ……ぐるりと天井を見回してみても、どこにも生き物の姿は見えない。

プレハブを出て、敷地を抜けて、春菜は廃校のグラウンドへ向かった。車に乗り込む前にもう一度工事現場を遠目に眺め、誰にともなく一礼してから、風切トンネルの現場事務所を後にした。


事務服から私服に着替えるためには、一度アパートへ戻らなければならなかった。爽やかに晴れた日で、ついでにたまっている洗濯物も片付けていこうと考えた。

玄関を入ると廊下に床用ハンディクリーナーが転がっていて、昨夜バスルームを封印したことを思い出した。そうだった。鏡を磨いておかないと。屈んでスニーカーを脱いだとき、廊下に点々と汚れがあるのに気が付いた。鏡についていたのと同じ、三センチ程度の足跡が、フローリングを行ったり来たりしたように見える。

「うそ……なにこれ」

体を低くして床を眺めた。間違いなく動物の足跡だ。春菜は廊下に駆け上がり、床用ハンディクリーナーを見た。これが転がっているということは、何かがバスルームから出て来たのだろう。脱衣所の洗濯カゴは、わずかにずれているようにも思う。けれどバスルームのドアは閉まっている。

「なんで?」

簡単なことだ。アパートでは気圧の変化でドアが開いたり閉まったりする。バスルームドアに手をかけて、勢いよく開けると頭に水が垂れてきた。見上げれば水滴のついた天井に無数の足跡がついている。ハクビシンだろうか、きっとそうだ。最近は街で繁殖しているという話だし、でも、だけど……爬虫類《はちゅうるい》じゃあるまいし、ハクビシンは天井を歩けない。

それを認めてしまった瞬間、凄まじい怖気《おぞけ》が駆け抜けて、春菜はその場に立ちすくんだ。ぎゃあと叫べたらどんなに楽か。けれども春菜は踏み止《とど》まった。叫んでしまえば、もう恐怖を止められない。仙龍に電話して泣きつく羽目になってしまう。でも、仙龍は忙しい。これから命がけの儀式に挑むのだから。

信じない。気付かない。春菜は両手を拳に握った。こんなときに効果があるのはパグ男の顔だ。勝ち誇って嫌みな長坂の顔を思い出すと、怒りが恐怖を凌駕《りょうが》するのだ。

「ふざけんじゃないわよ」

一声低く呟くと、バスルームに飛び込んで、窓を開けた。

部屋中のドア、部屋中の窓を開け放ち、春菜は事務服をクリーニングの袋に入れて、即座にTシャツとデニムパンツに着替えた。

「パグ男め」

雑巾《ぞうきん》と洗剤とスポンジを出し、力を込めて部屋中の足跡を拭き始める。やがては椅子まで持ち出して、ハンディクリーナーの先に雑巾をくっつけ、天井も拭いた。拭き終わると日本酒を買いに行き、スプレーに入れて振りまいた。それでも飽き足らずに塩を出し、玄関と部屋の四隅《よすみ》に盛り塩をして、仕舞いに自分に振りかけた。

すべてが終わると夕方で、春菜はシャワーを浴びてから、コンビニへ夕飯を買いに出た。今日は朝から何も口にしていない。

井之上に報告するのは明日にして、弁当、スイーツ、ヨーグルト、ボトルワインを買って、すべて平らげ、ベッドではなくソファで眠った。

カリカリカリ……カリカリカリ……夢の中でも音がして、何度も何度も寝返りを打ち、やがては深い眠りについた。犬神の夢は見なかった。

翌朝は橘高組の事務服をクリーニングに出して、いつもより遅い出社をした。

井之上に報告を済ませた頃には比嘉のデザインが上がってきたので、たまむし工房へ行ってロゴデザインと名刺のタイプを決めた。それを印刷所に手配して、会社に戻って轟に報告し、ようやくひと息ついた頃、橘高組の子会社から電話を受けた。

風切トンネルのポケットパークは来期以降の仕事になるが、そのときにはぜひ力を貸していただきたいと担当者は言い、ひとまず顔つなぎだけしておくということで電話を切った。こうした仕事の場合、ダイレクトに発注を受けられることはまずなくて、様々な打ち合わせを経ながらも、最終的な受注業者はコンペで決まる。そうであっても仕事が始まる前につながりがつくのはありがたく、発注者の意向やコンセプトを深く汲み上げられる優位性がある。

春菜はその旨を井之上に伝え、モニュメントなどの造形物に詳しいデザイナーだけでなく、意表を突く意味で比嘉にもデザインを依頼したいと相談した。比嘉にはたまむし工房の件で借りがあるし、実際は仕事に結びつかなかった場合でも、比嘉のデザイン技量をクライアントに紹介できる。熱意あるデザイナーのデザインは、その後のキャリアにつながっていくことが多いのだ。

手持ちの仕事をすべてさばいた三日目の朝。

春菜は井之上の許可を得て、事務服を返すため、再び風切トンネル現場事務所へ向かった。クリーニング店で事務服を引き取ったあと、洋菓子店にも寄り道して、自腹で茶菓子を購入した。手土産《てみやげ》として峯村に渡すためだった。

わずか三日で季節はまた進み、工事現場のまわりは萌え芽の色になっていた。日陰《ひかげ》に凍っていた雪も溶け、融雪で道路が濡れている。廃校のグラウンドに車を駐めると、校舎の脇に見慣れぬトラックが停まっていた。建物に横付けして、何か調べているようだ。

「早くね、手早く、あと丁寧に！」

聞いたことのある怒鳴《どな》り声がした。甲高く、棘《とげ》があり、優しさの欠片《かけら》もない声だ。春菜は胸のあたりがサワサワした。

「丁寧にって言ってるだろう、あー、あー、あーっ、どうするんだよこれ」

「すみません、でも、これ、なんか変じゃないですか」

「あ？　変なのはおまえだろっ、貸してみろ」

続いて、ガチャン！　とガラスの割れる音がした。

「あぁーっ、どうすんの？　あ？　どーするつもりだって訊いてるんだよっ」

間違いない。あれは長坂パグ男の声だ。

そのとたん、臨戦態勢に入った獣のように、春菜の全身を血が巡った。長坂が廃校に業者を連れてきているのだった。やっぱりそうか。峯村部長と会ったとき、長坂は廃校を調べに来ていたのだ。解体工事を請け負って、軀体の撤去は子飼いの業者に丸投げし、その前に、貴重な歪みガラスを回収しに来たのだろう。

忌々しいとは思ったが、パグ男に関わるとろくなことがない。春菜はグラウンドの隅に車を移動し、身を隠すようにして現場事務所へ向かった。

総務部で峯村に会い、事務服を返して手土産を渡す。ポケットパークの担当者から電話をもらったことを伝えて礼を言うと、峯村が、

「先ほどまで、鐘鋳建設の社長さんたちが見えていましてね」

と教えてくれた。仙龍とコーイチが山曳きの段取りに来て、その足で嘉見帰来山へ向かったというのだ。

「嘉見帰来山に登って、笹や、枯れ葉や、そういうものを集めるそうです。それを小山に植え込んで、山そのものになぞらえるらしいです。いや……ひとくちに因縁祓いといっても、実際は大変なことなのですね」

「それって、どのくらい前ですか？」

ついさっきですと峯村が言うので、春菜は二人を追うことにした。

工事現場前の道路をさらに上ると、やがて道は二手に分かれ、一方は土捨て場のある隣町へ、一方は嘉見帰来山へと続く。山への道は細いのだが、春菜が乗るのは軽自動車なので、躊躇《ためら》うことなく先へ進んだ。切り返しもすれ違いもできない道だが、山頂から車が下りてくるはずもない。ものの数分で、春菜は空き地に駐まった仙龍の車を見つけた。

人気のない道でエンジン音がしたからか、仙龍とコーイチは車の脇で、訝しげにこちらを窺っている。軽くクラクションを鳴らして後ろにつけると、仙龍はため息をつき、コーイチはニッコリ笑った。

「あー、春菜さん」

と、手を振っている。春菜はスニーカーに履き替えて車を降りた。

「何をしている」

憮然として仙龍が訊く。

「現場事務所に事務服を返しに来たついで」

すまして答え、後部座席からタオルを出した。首に巻いて、仙龍を見る。

「一緒に行くわ。サニワだから」

仙龍は助言を求めるようにコーイチを見たが、コーイチは首を竦めただけだった。

二人は背負子《しょいこ》のようなものを地面に置いて、山に入る準備をしていたようだ。背負子には桐箱が載っていて、箱には八段の引き出しがついていた。

「それは何？」

「嘉見帰来山にあるものを、少しずつもらって納めるんっすよ。それを小山に置いて、小山に命を吹き込むんす」

「頂上までは一時間ほどかかるようだが、その足で登れるのか？」

「馬鹿にしないで。こう見えても体力には自信があるのよ」

仙龍はやれやれという顔をして、コーイチに軍手を出してやれと命じた。

「はいこれ。軍手しないと登れないっすよ。あと、かぶれる木もあるかもだから、先へ行く人からは、少し離れたほうがいいっす。枝がしなって顔面を直撃すると危ないっすから」

「一応は登山道があるようだが、整備されているとも言い難いからな。まだ葉が茂る前でよかったな。そうでなければ笹《ささ》ダニにやられるところだ」

仙龍の言葉に怯《ひる》みながらも、春菜はコーイチから軍手をもらった。仙龍といると、いつだってこうなる。山、田舎、旧家、旧跡、よくても神社。お洒落な場所へ連れていってもらったことはない。自分からついていくと言ったのに、春菜は下唇を突き出した。

仙龍とコーイチは着々と準備を整え、やがて春菜に「行くぞ」と言った。

仙龍を先頭に、春菜を真ん中に、コーイチを最後尾につけて、三人は嘉見帰来山を登り始めた。道は仙龍の言葉通りで、登山道というより獣道に近い。ゴロゴロと石が転がり、木の根が縦横にはみ出して、迂闊に踏めばつるりと滑る。急斜面は幹にすがって登らねばならず、軍手は確かに必需品だ。

仙龍とコーイチは随所で立ち止まり、周辺を探って、小石や枝など小さな物を集めている。どんな基準で集めているのか訊きたかったが、わずか五分で息が切れ、春菜はなにひとつ喋れない。口を開けば、言葉の代わりに胃の内容物を吐きそうだ。二人が何かを拾う間だけでも、立ち止まれるのがありがたかった。

さらに登ると、空気が変わった。

二メートルほど先で仙龍が立ち止まる。頂上はまだ見えないが、彼は手近な幹に手を置いて、探るように山全体を見回した。遅れて春菜がその場所に着き、

「春菜さん、大丈夫っすか?」

涼しい顔のコーイチが来た。仙龍は山頂ではなく、山肌の藪を見つめている。

「ここで休憩?」

春菜はようやくそう訊いた。たったひと言喋ったら、喉の奥で血の味がした。

「はい、春菜さん。ちょっと飲んだほうがいいっすよ」

魔法のように水筒を出して、コーイチが水を飲ませてくれた。山肌は薄暗く、風も止まった。湿った土と、菌類と、そして獣の臭いがする。藪の中から猪や熊が出るのじゃないかと、春菜は急に不安になった。それか、マムシか、それよりもっと怖いものが。

ありがとうと水筒を返すと、コーイチはそれを仙龍に渡し、最後に自分もひとくち飲んだ。栓を閉めながら、しきりにあたりを窺っている。

「ここ……気味が悪いわね」

急激に汗が冷えてきて、春菜はタオルで首筋を拭った。タオルを外して額も拭うと、コーイチが、「あれ、春菜さん」と妙な声を出す。

「どっかで引っかけたんすかね。血が出てるっすよ、そこ、首んとこ」

耳の下あたりを指すので手をやると、中指に血がついていた。

「春菜さん、まさか」

「もうサイテー」

心当たりがあったからこそ、春菜はわざと戯《おど》けて言った。魔除けの木札を笠嶋にやってしまったので、春菜はお守りを身に着けていない。部屋に付いていた不気味な足跡。時々聞こえるカリカリという音。犬神を憑けられた者は、体のどこかが腫れるという。

そうしたあれこれが重なって、心臓がドクンと波打つ。それみたことかと仙龍に言われるのが怖くて、すぐさま首をタオルで隠したが、幸いにも仙龍は、春菜以外のことに五感を研ぎ澄ませているようだった。前方の藪を睨んでいると思ったら、やおら、藪に分け入っていく。

「え、なに？　どこへ行くの？　道はこっちよ」

追いかけようと思ったのに、体が上手く動かない。中途半端《ちゅうとはんぱ》に休憩したせいで、足が痛みを感知して、体が借り物のようになったのだ。それともこれは犬神のせいか。

タオルの下が厭な感じに疼いている。春菜は薄く唇を噛み、首ではなくて足をさすった。

藪に消えた仙龍は、すぐに戻って春菜たちを呼んだ。

「頂上ではなくこの奥だ。道がある」

どういう意味かとコーイチを見たが、コーイチは至極緊張した面持ちでいる。地面に下ろした背負子を背負って藪に分け入る準備を始めた。こうなればもう仕方がない。春菜は覚悟を決めて歩き出し、仙龍を追って藪に入った。

首が熱い。なぜだろう。

そこはクマザサの海だった。波を分けるように両手を広げ、背丈《せたけ》ほどもあるクマザサを掻き分けて仙龍は進む。ひと掻きごとに仙龍の背中がクマザサに隠れ、次のひと掻きで小さな虫が湧きあがる。これのどこが道なのよ、迷うじゃないのと考えながら、春菜も必死についていく。

ところがそこはやっぱり道だったようで、三人は、間もなく開けた場所に出た。

クマザサの海が突然途切れ、幅《はば》三メートル足らず、奥行き十メートルほどの平らな場所が現れたのだ。大小様々な岩が並べて置かれ、地面に塚《つか》のような盛り土が三つ並んでいる場所だ。山際の木々が覆い被さり、岩と木で作られた洞窟《どうくつ》のようにも見える。その場所から生える木は幹が異様に曲がりくねって、地を割る根っ子が老人の指を連想させた。

「なんなの……ここ……」

訊いたが答えはわかっていた。

恐らくここが狗墓なのだ。神人が犬神を葬った場所。

なるほど眺望はなく、なにひとつ見渡すことができない。狗場杜も、分校も、なにもかも。見えるのは向かいの山の荒涼とした山肌だけだ。

バサバサバサッと梢を揺らして、何かが空へ飛び立った。春菜は思わず悲鳴を上げたが、それはカラスの群れだった。見れば狗墓の上を旋回するように無数のカラスが舞っている。時々大声でカアーッと叫び、黒い羽根をまき散らす。気付けば梢にも群れている。

「祭器があるかもしれない。探してくれ」

仙龍はそう言って地面に屈み、積もった落ち葉を退《ど》け始めた。コーイチも、背負っていた背負子を下ろして大小の岩を調べ始めた。

隠温羅流の儀式を見たのは三度だけだが、そのどれもが神秘的なものに思われた。けれど仙龍たちが残土で山を造り上げ、今はこうして土の下を探すのを見れば、それもこれも確固たる信念なくして為し得ない業《わざ》なのだと、春菜は隠温羅流の真髄に改めて畏怖の念を感じた。導師仙龍は土にまみれて祭器を探す。偉そうにサニワサニワと自分を呼んでも、なにひとつ仙龍たちのことをわかっていない。祭器がどんなものか知る由もなかったが、春菜もまた腰を落として、枯れ草の下を探し始めた。

奇妙な場所は細長く、敷地は山肌に沿うように弧を描いている。枯れ葉を踏み、木の根を跨《また》ぎ、何かありそうな場所では腐葉土に手を突っ込んで、春菜はその先へ進んでいった。頭上でカラスが騒いでいて、見上げるとすぐそばの枝に何羽《なんわ》か止まり、真っ黒な目で見下ろしていた。太い嘴《くちばし》だ……首が痛い……何の気なしに手をやって、春菜は首すじが腫れているのを知った。うそでしょ……と、心で呟く。腫れ物は痛痒《いたがゆ》く、いくらか熱を帯びている。——犬神に憑かれると、体のどこかが腫れる——誰かの言葉を思い出し、まさかと思って焦りが募る。ギャアッとカラスが頭上で叫び、

「うるさい！」

と春菜が一喝した刹那、見上げた視線が信じられない光景を捉えた。春菜の位置から数メートル、太い木の幹がせり出して、斜めに枝を張るその下に、臙脂色の細長いものがぶら下がっている。カラスはその周囲に集まって、そこを餌場にしているのだった。

臙脂色の服には見覚えがあった。紺色のカーディガンにも。

それは橘高組の事務服で、だらりと垂れ下がった二本の足に履いた靴まではっきり見えた。足は宙に浮いていて、諦めたように揺れる二本の腕は、カラスに突《つつ》かれて骨がむき出しになっている。

誰？　と春菜は心で訊いた。

力ない足、力ない腕、黒髪に隠れて顔は見えないが、伸びきってしまった首に何かが光る。銀のチェーンのその先で、元三大師の魔除けの木札が揺れていた。

「せせ、仙龍ーっ！」

劈《つんざ》くような悲鳴を聞いて仙龍とコーイチが飛んで来たとき、春菜はその場に腰を抜かして、両手で顔を覆っていた。

腕より上に目を向けて、顔を確認する勇気はなかった。あれは、あれは、あの人は……その人は、体のフォルムが変形していた。頭と肩の間が離れすぎ、生前の彼女とは違ってしまった。けれど春菜にはわかっていた。あれは笠嶋朔子だと。

仙龍に、肩を抱かれた。両手で顔を覆っていてもよくわかる。仙龍は風と水の匂いがするのだ。大丈夫かと訊くこともなく、彼は春菜を抱き寄せた。

「ひゃー、これは……」

とコーイチの声がして、春菜は恐る恐る目を開けた。目の前にあるのは仙龍の顔で、件の遺骸を見上げている。

「警察に連絡してやれ」

仙龍は短く言った。

「はい。でも、携帯つながるかなあ」

ブツブツ言いながらコーイチが電話をする横で、仙龍は春菜にこう訊いた。

「橘高組の事務服を着ているな。もしや、知り合いか？」

春菜はコクンと頷いた。元三大師のお守りを笠嶋にあげたのは、つい先日のことだ。彼女は心から微笑んで、ありがとうと言ったのだ。それなのに、その後で、首を吊ってしまったのだろうか。なぜ、どうして。

「ついこの間、更衣室で話したばかりなの。私は現場事務所を出るから、お守りを……」

春菜は仙龍に白状した。

「若くてきれいだから心配になって、私のお守りを彼女にあげたの。首に掛かっているのがそれよ。私が鎖を付けたんだから。なのに、どうして……」

「そうか」

仙龍は一瞬だけ力を込めて春菜を抱き、それからそっと体を離した。

「電話がつながったっすよ。すぐに駐在さんを向かわせるって」

仙龍は立ってゆき、今度はコーイチが春菜の隣に来てくれた。

「大丈夫っすか？　てか、えらいもんを見つけちゃいましたね」

次第に落ち着いてきたものの、いきなりあれを見るのは怖いので、先ずは地面を、次いでコーイチの足を見た。コーイチは真摯《しんし》に手を合わせ、遺体の冥福《めいふく》を祈っている。その先には仙龍がいたが、彼は地面に跪《ひざまず》き、何かを拾って立ち上がった。細長い箱のようなものだった。立ち上がった仙龍の背後に、笠嶋はまだぶら下がっている。両手両足をダランと垂らし、伸びてしまった首に吊られて、真っ黒な髪を風に乱して……

——嫌われているの、私、みんなに——

別れの日、笠嶋は春菜に打ち明けた。作りもののように大きな吊り目、細い顎、声は小さく、印象は暗く、オドオドするばかりの個性的な美人。

——高沢さんみたいな人にはわからない。私はずっとそうだったのよ。子供の頃から、友だちがいない、家族もいない。私は親戚の家で育ったの。片隅で、息を潜めて、存在していることがもう、罪だと言われて育ったの——

だからあなたは死を選んだの？　それとも犬神に追われたの？

抜けてしまった腰は思うように動いてくれず、春菜は仕方なく四つん這いになった。首に巻いたタオルが地面に落ちたが、かまわず春菜は遺体を見上げた。ルーズ感のあるボブカット。漆黒の髪は風に吹かれて乱れている。骨が剝き出しになった細い腕。その肩に止まるカラスを、コーイチが追い払っている。

どうして死んだの。こんなところで？

狗墓へ来る道は見えなかった。そこに道があることさえ、春菜にはまったくわからなかった。クマザサの奥。道ではない道。こんなところへ事務服姿で来るなんて、ありえない。首の腫れ物が痛みを増した。あまりにも変わり果てた笠嶋の姿が、腫れ物の疼きに重なった。頭の芯がズキズキとして、縊《くび》られたかのように血が上る。よろよろと立ち上がると、コーイチが心配そうに振り向いた。春菜は片手で首を押さえて、

「コーイチ……仙龍……私……」

かすれた声で呟いたとき、意識はどこかへ飛んでしまった。

目覚めたのは車の中だった。

後部座席に寝かされて、額にタオルが載っていた。水に濡らしてあるようで、ひんやりとして気持ちがいい。起き上がると、ドアを開け放った車の外にコーイチがいて、細い目

をさらに細めてニコリと笑った。

「大丈夫っすか」

「私、どうしたの？」

「なんか、ひっくり返っちゃったんすよね。山ん中で、ご遺体を見て」

空き地にパトカーが駐まっていて、仙龍が警察官と話をしていた。峯村も呼ばれて来たようで、山道の周囲は騒然としている。

「無理もないっす。春菜さん、あの人のこと知ってたんすもんね」

コーイチはそう言って、車の助手席に乗り込んできた。

「水飲みますか？」

「うん、ありがとう」

水筒に口をつけてごくごく飲んで、春菜は手の甲で口を拭った。何がどうなったのかわからない。咄嗟に笠嶋のことを考えたのだが、閃きは、その一瞬で去ってしまった。

コーイチは黙って春菜を見守っている。水筒を返すと、

「大丈夫っすか」と、もう一度訊いた。

「大丈夫。それよりも」

「社長がおんぶして来たんすよ。ここまで」

そのひと言で、不覚にも春菜は真っ赤になった。

死体を見て気絶。なんたる失態。恥ずかしさで消え入りたいほどだった。

「あと……犬神が手に入ったっす」

コーイチは眉根を下げて、静かに言った。何もかも、春菜には意味がわからなかった。

「あのっすね」

そう言うと、ヘッドレストを抱くようにして後部座席の春菜を見る。

「幽霊が出たんすよ。土捨て場に」

「え？」

からかっているわけでもないようだ。それが証拠にコーイチは、清々しいような、悲しいような、悟ったような表情をしている。

「棟梁と、青鯉さんと、穴方《あなかた》さんたちが土捨て場で山曳き用の山を造ってたんすけど、生け贄用の土管を埋めて、山の形に成形しているうちに夜中になって、そしたら若い女の人がふうっと来て、『犬神あげる』って言ったんすって」

「やめてよ」

不覚にも春菜はぞっとした。

「それで棟梁が、くれるものなら貰《もら》いやしょうって。そしたらね、さっきの道を教えてくれたっていうんすよ」

「教えてくれた」

「そっすよ」とコーイチは頷いて、

「その人は、またふーっと消えちゃったっていうんすけどね、一昔前に流行ったみたいな、臙脂色の事務服を着てたって。そんで、春菜さんが着ていた服と同じだなって、ピンときたんす。本当は、亡くなった二人のうちのどっちかが、何か伝えたくて出てきたのかなと思ったんすけど、今日見たら、まったく違う人だったんっすねえ」

「どんな人だと言っていた？　棟梁は」

「なんつか、目の吊り上がった美人だって。髪の毛が」

「風に吹かれたみたいに乱れていた？」

「はい」

鼻の奥が滲《し》みるようにツンとして、消えた閃きが戻ってきた。笠嶋だ。それはぜったい笠嶋だ。笠嶋が、それを伝えに行ったんだ。なぜって、なぜって……

春菜は狗場杜のことを思い出していた。

山火事で集落が燃えたとき、誰かが村長の嘘を知り、それによって生き延びた。それもまた犬神の予言であり、その家の犬神は、ご神体共々生き延びた。笠嶋がその子孫だったとするならば、狗墓の場所を知っていたとしてもおかしくはない。トンネル事故が犬神の予言なら、笠嶋こそが噂の出所だったのだ。

「高沢さん」

車の外から誰かに呼ばれ、顔を上げると峯村が立っていた。

「いろいろと災難でしたが、大丈夫ですか？　ご気分は」

春菜は慌てて涙を拭った。それでも今度は鼻水が出た。車は仙龍のものだったが、備え付けのティッシュをボックスごと抱え、春菜は次々に引き出して涙と鼻水を拭いた。

「亡くなっていたのは、派遣社員だった笠嶋朔子という女性です。監理部で事務のお手伝いをしてもらっていた」

「知っています」と、春菜は答えた。

「出向初日に社内を案内してもらいましたから」

すると峯村は怯えたような笑みを浮かべて、

「そんなはずはないでしょう」

と、何度も頭を左右に振った。

「今、警察の人とも話しましたが、笠嶋さんが亡くなったのは、もっと、ずっと前ですよ。進藤三咲さんが遺体で見つかった頃だそうで、高沢さんが現場事務所へ来る前です」

嘘だ。と思う気持ちと、そうだったのか。と思う気持ちが春菜の中で交錯し、やがて気持ちは、そうだったのか。に集約された。

笠嶋が狗墓で死んだ理由が、今度こそ春菜には理解できた。彼女はあそこへ犬神を捨てに行ったのだ。犬神を捨てて、命を絶った。おそらくは、自分が持っている犬神のせいで二人の女性が死んだと知ったから。結婚と家族。そのどちらもが、笠嶋にとっては羨みの対象だったのだ。人に嫌われ、疎まれてきた彼女だからこそ。

そしてサニワの私に会いに来た。初めて会ったとき、彼女は『おはようございます』と言ったのか、それとも、『ありがとうございます』と言ったのだろうか。

また涙が湧き出して、玉のように頬を転がり、次々に膝へ染みていく。不思議と恐怖は感じなかった。それよりも、あんな場所で、たった独りで、カラスについばまれながら風に揺れていた笠嶋の日々が、可哀想《かわいそう》で、不憫《ふびん》でならなかった。もっと早く見つけてあげればよかった。あんな姿になる前に、可能であれば、自分で命を絶つ前に。

「笠嶋さんは、ある日ふっと会社に出てこなくなってしまったんですが、ロッカーやデスクの私物が片付いていたこともあって、無断欠勤扱いで契約解除になっていました。捜してあげればよかったのですが、二人が亡くなってすぐだったので、怖くなって辞めたのだとばかり思っていました」

峯村の声が首の後ろを過ぎていく。春菜は両手で顔を覆った。どうしてこんなに悲しいのか、自分でもよくわからない。なぜこんなにも寂しくて、なのにどこかが温かく。もっと早く、もっと早く、もっと早く、彼女のことを知っていたなら……

溢れる想いに、春菜は溺《おぼ》れてしまいそうだった。突っ伏す春菜の首を見て、

「ブヨに刺されましたね」と、峯村は言った。

「最初はいいけど、腫れますよ。軟膏《なんこう》を塗ったほうがいい。犬神に憑かれた場合は血が出ませんのでご心配なく」

「あ……そうなんっすか、そうなんっすね」

コーイチの嬉しそうな声も聞こえたが、春菜は顔を上げられなかった。

そんなはずはない。私は黒い犬のような瘴気を見たし、アパートには犬神の足跡が付いていた。獣の臭いも何度か嗅いだ。

だから、きっと、犬神は自分の近くにいたはずなのだ。

ならばなぜ、犬神は私を襲わなかったのか。

その答えに予想がつくからこそ、春菜は笠嶋を哀《あわ》れに思った。泣いて、泣いて、泣くうちに、やがて胸の奥から淋《さみ》しさが消え、温かいものを感じ始めた。

――ありがとう――

魔除けの木札を渡したときの笠嶋の笑顔が脳裏をよぎり、春菜はいつしか顔を上げて、寝癖だなんて言ってごめんなさいと心で詫《わ》びた。あんな場所で風に吹かれて、それはあなたにはどうしようもないことだったのに。

嘉見帰来山に日が射して、山肌を紅色に染めていた。山の上から警察官が、担架に乗せた笠嶋を運んで下りてくる。

春菜はコーイチと車を降りて、仙龍や峯村と一列に並び、合掌して彼女を見送った。

エピローグ

笠嶋朔子が遺体で発見された日からさらに二日後。隠温羅流はついにこの日を山曳きと定めた。儀式は夜明けと共に始まるというので、薄暗いうちに現場事務所へ来てみると、グラウンドの奥で廃校の解体準備が進んでいるようだった。ブルーシートや重機など、撤去作業に使う道具や資材が建物の脇に運び込まれている。

パグ男は歪みガラスを搬出できたのだろうかと、春菜は廃校へ行ってみた。職人はまだ来ていなかったが、どうやら長坂の思惑は外れたようで、貴重な歪みガラスが破片となって散らばっていた。ガラスがすべて取り払われて、内部が丸見えになっている。ささくれた床や、教室の名前を記した銘板に昔の様子が偲《しの》ばれた。

狗場杜が消失しなければ、笠嶋朔子もここで学んでいたのだろうか。解体を待つばかりの廃校が彼女の最期と重なって、春菜は痛ましさに胸が詰まるようだった。

彼女はなぜこの地へ戻り、工事現場に勤めていたのか。ふとそう思い、やっぱり犬神を捨てるためだったのだろうと考えた。捨てたい。捨てられない。何度も想いを巡らせながら、犬神と共にさまよっていた神人の末裔《まつえい》。生まれながらにその任を負い、使命を忘れないために作古と名付けられた人。彼女を決心させたのは、自分が憑けてしまった犬神の祟りだったのだ。

「笠嶋朔子……朔子はサクコ……笠嶋、作古」

春菜は小さく呟いた。

窓のない廃校は風に晒され、灰色に褪せた室内は、すでに眠っているかのようだ。足下にガラスの破片を踏んだとき、春菜はふと閃いて地面にしゃがみ、それらの破片を拾い集めた。箱に入れ、車に積んでから、改めて現場事務所へ向かう。


因縁祓いの儀式に臨む風切トンネルの坑内入り口まで来てみると、ちゃっかり井之上の姿があって、小林教授や雷助和尚と一緒に儀式の始まりを待っていた。

「おう、高沢。遅かったじゃないか」

井之上は悪びれもせずに言い、

「こういうのは、なんかワクワクするんだよなあ」

と、坑内を見た。まだ貫通していないトンネルに真っ白な幕が張り巡らされ、白い法被に身を包んだ隠温羅流の職人たちが並んでいる。近くには作業員たちが勢揃《せいぞろ》いしていたが、もちろん峯村もその中にいて、総勢百名近い工事関係者らを指揮していた。

山曳きの山はまだ来ていないが、山を載せたトラックが入ってこられるように中央が広く空いている。春菜はそこに、あの灰色の顔の男を見た。初めてここへ来たときに、最初に言葉を交《か》わした男であった。ほとんどの作業員たちは儀式の場所を眺めているのに、彼は春菜のほうを向き、じっとして、動かない。春菜の視線に気が付いたのか、彼はますます強い眼差しを春菜に向け、次の瞬間、いきなり深々とお辞儀した。

　春菜は、男の節くれだったごつい手で、胸の裏側を摑まれたような気持ちがした。彼がなぜ頭を下げたかわからない。その意味するところも、胸の内も、なにひとつわからないまま、それでも春菜は、山曳きが首尾よく進むであろうと瞬時に悟った。なんとなくだが、あの男もまた神人の末裔だろうと感じたからだ。

　障りがサニワを呼ぶときはけっこうな実入りになると、棟梁が請け合ったという。それは五十年以上も前に発現した因が、落としどころを探してもがき続けて、ようやく引き寄せた縁ということになるのだろうか。

「本当ですねえ」

　いつものようにカメラを提げて、小林教授は井之上のワクワクに同調した。

「ここから先は内緒ですけど、先ほど隠温羅流の人たちが曳き込み先の廃トンネルへ向かっていくのを見てきましてね。首から太い鎖を掛けまして、古い鎖を切るために、巨大なワイヤーカッターを担いでいました。いやーぁ、カッコいい。ますますファンになりました。なんといいますか、『荒野の七人』みたいです。内緒でトンネルを開けまして、また封鎖しておくなんてことは、ここだけの秘密なんですねえ。そう考えると、さらにワクワクいたしますねえ」

教授の隣には雷助和尚がいたが、今日は出番もないので見物を決め込んでいる。春菜は和尚に近づいて、いきなり言った。

「酒一升」

「ほ」

と和尚は春菜を見た。教授も井之上も、不思議そうな顔をするのみだ。

「お経をあげてもらいたいんだけど」

「娘子よ。今日日《きょうび》お勤めの読経でもな、酒一升ではなかなかどうして」

「酒二升。私が自腹で払うんだから負けてよ、お願い」

両手を合わせて拝むと、和尚は少し考えて、

「子細があるなら申してみよ」

と、偉そうにのたまう。春菜は狗墓へ一緒に行って欲しいのだと告げた。

「笠嶋朔子さんという人が亡くなった場所なのよ」

「その話ならば仙龍から聞いた。青鯉の許に現れて、ご神体の在処《ありか》を教えたと」

「生きた笠嶋さんが教えに行ったと思っていたの。でも、そうじゃなかった」

「うむ。それも聞いた。哀れにも首を吊っておったそうよの。犬神を葬る代償として、自らを差し出したのじゃなあ」

「そうなのですか?」

教授がずいっと前に出る。

「そのへんのことを、私は伺っていないのですがねえ。はて。かさじま……?」

「朔子さんです。多分、神人の末裔だったんでしょう。名前がサクコだし」

「笠嶋は神職に多い苗字です。犬神を祀る一族は、漢字一文字の氏(苗字)が多いといいますからねえ、狗場杜が廃村になって後、変更したのかもしれません。社会生活において著《いちじる》しい支障をきたす場合には、裁判所の判断を以て氏を変更することが可能ですから」

ただし、と教授は人差し指を立てた。

「名前は変更しなかったんですね。宿命からは逃げられなかったということですか」

「はて。面妖《めんよう》なことを申す」

法衣の袖《そで》をまくって唸る和尚に、得々として教授は説いた。

「朔子が当て字だとしますとね、サクコは作古。亡くなることを意味しまして、狗場杜では犬神を葬る役目の子供にこの名をつけたそうですよ」

「生まれながらに犬神の生け贄となる運命とはのう……なんともはや哀れなことよ」

雷助和尚は腕を組み、目を閉じて痛ましげに頭を振った。

「酒二升。あとは娘子のお酌《しゃく》で手を打とう」

春菜に目を向け鼻の下を伸ばす。

「さきイカをつけます。お酌はナシで」

春菜はピシャリと和尚をいなした。

そうするうちに道路のほうがざわついて、何か巨大なものがやって来た。一台のトラックだ。いや、違う。仙龍はトラックで山を曳くと言ったが、それはトラックを足代わりにしただけの、巨大で荘厳な山車のようなものだった。太い丸太が四方に突き出し、純白の幕を張った車体には、見上げるほど大きな山が載っている。山の前方二ヵ所に白い幟《のぼり》が、後方二ヵ所には真っ赤な吹き流しが棚引いていた。

頭に鉢巻き、胸に真新しいサラシを巻いたコーイチが、脱兎《だっと》のごとく駆けてくる。

「山、入りまーす！」

コーイチが大声で叫んだとたん、その場の空気が緊張した。隠温羅流の職人たちが、作業員の前で腕を組む。白くて長い法被《はっぴ》を羽織り、胸をサラシで締め上げた彼らが一列に並ぶと、額に結んだ鉢巻きの因が一本の道を描き出す。山車を先導してきたのは九頭龍神社の老いた宮司で、幣《ぬさ》で地面を祓いつつ、厳《おごそ》かに歩いてくる。その後ろには棟梁がつき、続いて四名の職人たちが横並びになって進んできた。棟梁は細長くて小さな木の箱を持ち、続く四名はそれぞれに、盆に載せた供物を掲げている。

なんて大きな山だろう。土を盛っただけでなく、その表面は固く締まって艶がある。

あれは三和土《タタキ》だと春菜は思った。三種の土を練り混ぜて作る和製コンクリートのようなものだ。隠温羅流はずりの小山を三和土で固めて嘉見帰来山になぞらえたのだ。

井之上は春菜の横まで出てきたが、教授は逆に姿を消した。自分の興味のためならフットワークが軽い。隠温羅流の勇姿をカメラに収めるために、手頃な場所へ移動したのだ。

「いつ見ても勇壮よのう」

黒い法衣の袖を組み、雷助和尚がそう言った。

春菜は山車を見上げていた。そこには五色の幣を被った仙龍が、直立不動で立っている。嘉見帰来山のずりで造った山ではあるが、早朝のせいか春菜には死人の頭が見えない。厳かな光景に作業員たちが息を呑む中、仙龍を乗せた山車は、トンネルの入り口付近で停まった。

道先案内をしていたコーイチが、いつの間にか春菜の横まで走ってきていた。

「春菜さん、見てます？　カッコいいっすよねぇ」

もっと近くで見たかったけれど、隠温羅流が周囲を守っているし、人が多くて近づけない。春菜と同じように背伸びしている作業員らに、コーイチは声を張り上げた。

「その山は嘉見帰来山の写しっすよ。中央に土管が挿してあるので、今からそこに、犬神が好む生け贄を納めます。ウサギ、キジ、ハト、トカゲ、ヘビ。あとは人間を模したヒトガタっすよ」

コーイチの声で、隠温羅流の職人たちがザッ！　と動いた。彼らは山車から四方に突き出た丸太に取り付き、腰を屈めて肩に担いだ。何が始まるのかと一同が息を呑んだ次の瞬間、彼らは巨大な山を、仙龍ごと神輿のように担ぎ上げてしまった。

サラシに挟んだ匕首《あいくち》を抜いて、己の腕を仙龍が切る。流れ出る血を泥人形にかけると、仙龍はそれを、青鯉が捧げ持つ盆に置いた。盆には他に、コーイチが語った犬神の好物が載せられている。

前歯できりりと匕首を咥え、襷《たすき》を外して傷口を縛ると、仙龍は三和土で固めた山に登った。すかさず青鯉が仙龍に近寄り供物《くもつ》を手渡す。仙龍はひとつひとつを天に上げ、続いて山に落としていった。山には噴火口さながらに、土管の口が開いているのだ。

「嘉見帰来山から持ち帰った、枝、草、石、木の実、霊芝《れいし》も納めます。最後に」

コーイチはそこで言葉を切って、

「『魂』を、納めます」と言い換えた。

本当は『魂』ではなく、犬神の『ご神体』なのだと春菜は思った。

笠嶋朔子の遺体のそばで、仙龍が拾い上げた箱。あれに犬神が入っていたのだ。彼女はご神体を狗墓に葬り、そこで自らの命を絶った。朔子は救われたかったのだ。忌まわしい運命と、忌まわしい神人の血から解き放たれて。

すべてを納めると、山は風切トンネルへ運び込まれた。そこで犬神が山に憑き、小山は土で塞がれるのだとコーイチが言う。やがて再び運び出された山を見て、作業員らはどよめいた。

山の頂上に仙龍が立ち、五色の幣を振っている。両足の下に犬神を感じつつ、仙龍は山を導いてゆく。山車の正面で担ぎ手たちをフォローするのは棟梁だ。前へ、右へ、左へ、前へ。幣の動きに呼応して、白い法被の職人たちが体を揺らす。その動きには一寸の乱れも生じない。かつて一度だけ見た彼らの勇姿を、春菜はまざまざと思い返していた。あのとき曳いたのは蔵だったけれど、コーイチが導師の姿に憧《あこが》れて、曳き屋師を目指した気持ちがよくわかる。

「今からあっちへ行くっすよ。場所は小林先生が知ってますから」

山車が再び荷台に戻ると、コーイチの言葉通りにトラックは現場を離れ、封印先の廃トンネルへ向かった。隠温羅流の男たちは徒《かち》でトラックの後を追い、コーイチもまた身を翻してその場を去った。

隠温羅流が去った工事現場に宮司が残り、改めて祝詞を奉ずる準備が進む。

春菜は和尚と井之上と一緒に、小林教授が戻るのを待った。

教授の話では、廃トンネルの周囲に駐車スペースはないらしい。すでに先組《さきぐみ》が鋼鉄の扉を開いていて、山を曳き込んで後、再び扉を閉じようと現場でスタンバイしているからだ。

それで春菜は軽自動車の助手席に教授を、後部座席に井之上と和尚を乗せて出発した。後ろに乗った井之上は、ガラス片を入れた箱を見つけたらしい。

「なんだ高沢、このガラス」

いきなり春菜に訊いてきた。

「廃校の窓ガラスなんです。今はもう手に入らない歪みガラスで、パグ男なら欲しがるだろうと思っていたら案の定、解体工事を請け負って、業者さんに回収させようとしたみたいなんだけど、上手くいかなかったのか、ほとんど捨ててあったんです」

「ほうほう。狗場杜のガラスとな」

偉そうにふんぞり返って和尚が言った。

「欲得ずくで手を出してもな。そう上手くはいくまいよ。村は消え、村人も消え、建物は、自ら潰《つい》えるときを待ち望んでおったことだろうから」

「世の理《ことわり》とは、得てしてそういうものですねえ」

助手席で教授がしみじみと言う。

「このガラスをどうするんだ?」

廃トンネルへ向けてハンドルを切りながら、春菜はルームミラーで井之上を見た。

「たまむし工房さんへ持ち込んで、花器を作ってもらおうと思って。太田さんは再生ガラスの専門家ですから」

「花器にして売るのか?」

「そうじゃなく。雷助和尚にお経をあげてもらうとき、狗墓へ持っていって、置いてくるつもりでいます。あそこからは狗場杜も見えないし、せめて、ふるさとを偲べたらいいなって」

春菜の後ろで、井之上と和尚は顔を見合わせた。

「それはいいアイデアですねえ。生まれたときから作古なんぞと名付けられて、寂しい想いをしてきた彼女も、喜ぶでしょう」

「そうだといいけど」

廃トンネルに来てみれば、狭い道の先で、トンネルが真っ黒な口を開けており、隠温羅流の先組が曳山の到着を待っていた。トラックが大勢の職人と共に乗り付けてくるとすれば、やはり春菜が車を駐めるスペースはないようだ。

すると小林教授は春菜に、ひとつ手前の丘へ向かうよう指示をした。そこからなら、廃トンネルを正面に見ることができるというのだ。

丘の上に車を駐めて待つことしばし、仙龍を乗せた山車と、徒で来たコーイチたちが到着し、男たちの手によって犬神の山が地面に下りた。すでに地面にはコロが置かれて、四方の丸太に綱がつけられる。真っ白で、清浄な気配のする綱だった。山の高さは古い手掘りの廃トンネルとギリギリなので、ここからは山車ごと綱で曳いていくのだ。仙龍は微動だにせず山の頂上に立っていたが、綱がつくと山を下り、白い幟の間に立った。

一陣の風に真っ赤な吹き流しが棚引いている。山ごと呑み込もうとするかのように、風は廃トンネルへ吹き込んでいく。

春菜のいる場所からも、初めて綱を取るコーイチの緊張した表情が窺えた。仙龍はしばし祈るように瞑目してから、五色の幣を振り上げた。傷口に巻いた襷が風に舞い、仙龍の顔が御幣に隠れる。来る者もない、知る者もほとんどいない山奥の廃トンネルは、活き活きとした芽吹きの色に萌えている。

「そーれっ！」

男たちの歓声が上がり、綱が張る。すると、曳山は静かに滑り始めた。

「そーれっ！」

春菜は、曳かれる山と、男たちと、それらすべてを懐に抱く山また山に目をやった。いつの間にか空は晴れ、掛け声とともに何かの唄《うた》が、山々を震わせ響いてくる。山曳きをする綱取りの周囲には、白い法被がずらりと並ぶ。唄はその男たちが、棟梁の先導で謳《うた》う声だった。おぞましい蟲毒、妬みと怨み、あさましい我欲、神人の悲劇、それらを載せた嘉見帰来山が廃トンネルに曳き込まれ、消えていく。

そーれっ！

掛け声と謡の声に触発されて、山のどこかでウグイスが鳴いた。

そーれっ！

まだ歌い慣れないウグイスの声のその奥に、春菜は朔子の笑う声を聞いたように思う。美人なのに、どうして髪を梳かさないの？

黒髪に手を当てて、恥じ入るように俯いた朔子の姿が、春菜の脳裏を離れない。

ごめんね。本当にごめんなさいと、春菜はそのことばかりを思ってしまう。太田がガラス器を作ってくれたら、和尚と仙龍とコーイチと、特別に小林教授も連れて、みんなでお線香をあげに行くから。

そのときには歪みガラスの花器に水を入れ、廃校のあたりに咲く野の花を挿していこう。食べ物もたくさん持っていこう。工事現場の食事のように。それから、それから、と春菜は思う。櫛をひとつ買っていこうと。

ついに小山が姿を消すと、唄っていた職人たちが扉を閉めて、隙間から仙龍たちが外へ出てきた。

全員が廃トンネルから抜け出すと、仙龍たちはその前に並んで瞑目した。風が吹き、梢が揺れて鳥が鳴く。もくもくと若葉が芽吹く春の山は、萌黄色した雲が地上に湧き出すかのようだった。

その後仙龍が跪き、扉の隅に何かを貼った。因縁物を封じた証《あかし》。隠温羅流の因に違いない。彼らが護るべき因縁物件がまたひとつ増えたのだ。

春菜は静かに合掌し、笠嶋の冥福を祈った。

春風が頬をなぶっても、獣の臭いはもうなくて、野に咲く花の香りがしていた。


【嘉見帰来山　風切トンネル】

長野市北部に位置する風切地区は、尾根と尾根とが密集した地形のため、古くから地元民が私費を投じて掘り開けたトンネル遺跡が多数残されている場所である。交通社会になった現代では、そのほとんどが廃トンネルとなり、通行を禁じられているものの、山奥にひっそり残るトンネルの情緒と退廃的な美しさは多くのカメラマンを魅了して止まない。

橘高組が嘉見帰来山に通す風切トンネルは二〇××年十月の完成を、風切バイパスは二〇××年春の全面開通を目指している。

参考文献

『骨董・怪談』小泉八雲　平川祐弘訳（河出書房新社）
『巫女・シャーマンと神道文化』高見寛孝（岩田書院）
『信州百物語　怪奇傳説』信濃鄉土誌刊行會編（信濃鄉土誌刊行會）

本書は書き下ろしです。

この物語はフィクションです。実在の人物・団体とは一切関係ありません。

〈著者紹介〉

・内藤 了（ないとう・りょう）

長野市出身。長野県立長野西高等学校卒。デザイン事務所経営。2014年に『ON』で日本ホラー小説大賞読者賞を受賞しデビュー。同作からはじまる「猟奇犯罪捜査班・藤堂比奈子」シリーズは、猟奇的な殺人事件に挑む親しみやすい女刑事の造形が、ホラー小説ファン以外にも広く支持を集めヒット作となり、2016年にテレビドラマ化。

犬《いぬ》神《がみ》の杜《もり》　よろず建物因縁帳《たてものいんねんちょう》

2018年6月20日　第1刷発行　　定価はカバーに表示してあります
2019年2月22日　第2刷発行

著者……………………………内藤《ないとう》 了《りょう》

発行者…………………………渡瀬昌彦

発行所…………………………株式会社 講談社

〒112-8001 東京都文京区音羽2-12-21

編集03-5395-3506

販売03-5395-5817

業務03-5395-3615

本文データ制作……………講談社デジタル製作

印刷……………………………豊国印刷株式会社

製本……………………………株式会社国宝社

カバー印刷……………………株式会社新藤慶昌堂

装丁フォーマット…………ムシカゴグラフィクス

本文フォーマット…………next door design

ISBN978-4-06-511823-8　N.D.C.913　310p　15cm

桜の森の満開の下には——
『ミイラ』が埋まっている。

魍《もう》魎《りょう》桜《ざくら》

よろず建物因縁帳／内藤了

怪異の裏には哀しき恋！
仙龍は何を『曳《ひ》く』のか？

シリーズ第5弾　2019年1月発売予定！

講談社
タイガ

バビロンシリーズ

野﨑まど

バビロン　II

—死—

イラスト
ざいん

64人の同時飛び降り自殺——が、超都市圏構想〝新域〟の長・齋開《いつきかい》化《か》による、自死の権利を認める「自殺法」宣言直後に発生！暴走する齋の行方を追い、東京地検特捜部検事・正崎善《せいざきぜん》を筆頭に、法務省・検察庁・警視庁をまたいだ、機密捜査班が組織される。人々に拡散し始める死への誘惑。鍵を握る〝最悪の女〟曲世愛《まがせあい》がもたらす、さらなる絶望。自殺は罪か、それとも赦《ゆる》しなのか——。

講談社
タイガ

牧野 修

こどもつかい

新人記者の駿也《しゅんや》は、我が子を傷つけていた母親の不審死事件を取材する過程で「トミーの呪い」という都市伝説を知る。こどもが失踪してから3日後に、家族などの近しい大人が謎の死を遂げるというのだ。こどもたちの間に流布する奇妙な歌を手がかりに調査を進める駿也だが恋人の尚美《なおみ》が呪いの標的にされてしまう。死の運命から逃れるため奔走する二人の前に漆黒のマントを纏う男の影が——。